草月译谭

坂口安吾
SAKAGUCHI ANGO

吉林出版集团有限责任公司

白痴

吴伟丽 译

目录

白痴	一
堕落论	三一
堕落论·续	四三
青春论	五五
恋爱论	九九
战争论	一〇九
孤独闲谈	一二五
学习记	一四三
我的精神周围	一六五
文学的故乡	一八七
文化节	一九七
精神病备忘录	二二一
坂口安吾年谱	二三五

白
痴

白　痴

　　那个房子里曾经人与猪、狗、鸡和鸭同住一处，甚至食物都相差无几。有一幢像仓库般的弯曲建筑，楼下住着房东夫妇，顶层租住着一对母女，女儿未婚先孕，不知孩子的父亲是谁。

　　伊泽租的小房间偏离正屋，听说房东患肺病的儿子曾经住过这间小屋，十分破旧，和猪圈没什么两样，但是壁橱和橱柜还是有的。

　　房东夫妇是开裁缝店的，做街道里的一些缝纫活儿（所以让患肺病的儿子住到另外一间屋子），也是街道主任。听说租房子的那个女孩，原本是街道委员会的一名办事员，曾一直寄住在居委会事务所；与居委会会长以及除了裁缝店主以外的其他工作人员（共有十多个）关系对等，也就是说孩子的父亲就在他们中间。于是，街道委员会的工作人员筹钱租下了顶层这间屋子，让她生下孩子。但是，也不会有那么便宜的事，有一个工作人员是开豆腐店的，在女孩偷偷住到这里后，只有这个男的常来看望她，结果她变成了这个男人的小妾。其他人知道了后就不愿再筹钱，蔬菜店老板和时钟店老板以及其他人总共有七八个人（每人出五日元）坚持说一个月后的生活费应该由那个男的负担，这个女孩现在懊悔不已。

这个女孩长着一张大嘴和两只大眼睛，她讨厌鸭子，只给鸡喂食，鸭子总会从旁边冲过来抢食；每天她都气势汹汹地驱赶鸭子，挺着个大肚子，翘起个大屁股，走路的样子就和鸭子一样。

胡同口有个烟草店，住着一个涂白粉的五十五岁的老太太，前后赶走了七八个情夫，举棋不定到底是找个中年和尚还是找个开店的。裁缝说年轻男子从后门去买香烟的话，可以以黑市价买到，让伊泽也去买买看，但是伊泽上班的地方也买得到，所以用不着去她那儿买。

和她交情好的米店的后面，住着一个有点儿财产的寡妇。她有一个哥哥和一个姐姐以及两个孩子，但是这对亲兄妹组成了家庭；寡妇认为"肥水不流外人田"，就默许了。但是哥哥后来有了个情妇，于是要把妹妹嫁给一个五六十岁的亲戚，妹妹吞服了灭鼠剂，喝了之后去裁缝店（伊泽寄宿的地方）学做裁缝，后来药效发挥作用，最终一命呜呼。当时医生的诊断是心肌梗死，伊泽吃惊地问裁缝店主是哪个医生下的诊断，裁缝店主一副目瞪口呆的表情反问道:"难道不是那样的吗?"

这一带有许多便宜的房子,其中住着一部分小妾和卖淫女。这些女人没有小孩儿,共同点是都会把房间整理得很干净,所以很受管理人员欢迎。因而管理人员一点儿也不在乎她们淫乱的生活。这里半数以上都是军需工厂的宿舍,也住着女子志愿队的成员,里面有课员的情妇(自己的妻子被疏散),有要人的小妾,还有停职每月领生活费的孕妇志愿队成员;一个小妾就可以住一所房子,引得大家很是羡慕。曾经做杀手的满洲无业者(裁缝店主的徒弟)的隔壁住着一个按摩师,再过去一家是裁缝银次的高徒,后面住着一个海军少尉,每天吃鱼、喝咖啡、吃罐头、喝酒。这一带的地下挖到一尺就会冒出水来,根本无法建防空洞,只有这个少尉有一个比他住的房子还气派的防空洞。伊泽上班要经过路边一家木制两层建筑的百货商店,由于战争而歇业了,二楼的赌场倒是每天营业;有权势的人占据着几个民众酒吧,整日喝得烂醉,对民众耀武扬威。

伊泽大学毕业后当了名报社记者,然后成为一名文化电影的演员(还只是见习阶段,没有单独演出过)。二十七岁的他对人生的内面已经有了些了解,对政治家、军人、实业家、艺人的内幕多多少少有些耳闻,但是没有想到这个远离城市、被小工厂和民居包围的商业街的实际状况是这般场景。他问道:是不是战争爆发之后,人心才变得如此冷漠的呢?裁缝店主一脸哲学家的表情,静静地回答道:"不是,一直都是这样。"

　　但是,最大的人物还是伊泽的邻居。

　　这位邻居是个怪人,有不少家产,但是特意把房子建在贫民窟的这个胡同里,也许是因为极度害怕小偷和闲散人员的闯入吧。来到贫民窟,偷偷进入大门后却找不到房子的进门处,安装的全是格子窗户,房门和大门正反相对,不绕房子走上一圈的话是找不到房门的。这个构造会让闲散人员打消闯入的念头,在绕圈找房门的时候就会被看破是无端闯入而被警察管制,看来这个邻居不喜欢凡夫俗子。他家的房子是一幢有多个房间的二层建筑,关于里面的内部格局,连号称"万事通"的裁缝店主都不太清楚。

　　这个怪人三十岁左右,有个母亲和一个二十五六岁的妻子。听说只有他母亲人还算正常,会歇斯底里地发脾气,配给不足的话就会光着脚跑去找街道委员会理论,这点街道上没有其他女人比得了;他妻子就是一个白痴。怪人在还是享受幸福的年纪就出了家,穿一身白衣,去四国地区朝山拜庙;不知在四国什么地方与这个白痴女情投意合,就把这个女人带了回来。怪人是个仪表堂堂的美男子,女的跟他天生一对,气质佳、柳叶眉、瓜子脸、神情抑郁、面容姣好,脸形就像古代人偶、能乐面具一样。两个美男美女走在一起时,让人觉得是非常有教养的一对。怪人戴着一副很深的近视眼镜,一副熟读万卷书般疲累冷漠的神情。

　　有一次这个胡同进行防空演习,老板娘们个个忙得不可开交，这个怪人穿着和服便装，站在旁边咧着嘴边笑边看。没一会儿，他又换了身防空服装，从别人那儿抢来水桶，边泼水嘴里边发出"欸……呀……吼……"的怪叫，然后又爬上梯子登上围墙，从屋顶上发号施令，进行了一场训话般的演说；伊泽这时才察觉到这个人不太正常。这个人有时会从围墙爬进裁缝店的猪圈，踢翻装猪食的桶子，若无其事地给鸡喂食，又突然把鸡踢飞。但是尽管这样，伊泽还是觉得这个人非同寻常，所以一直都对他以礼相待。

但是这个怪人与常人还是有不一样的地方，例如他比常人更加小心谨慎，想笑时就咧嘴笑，想演讲时就演讲，扔石块打鸭子，捅猪的脸和屁股一捅能捅上两个小时。他的内心十分害怕别人的目光，挖空心思地将自己的私生活和别人隔绝开来；从大门要绕上一圈才能走到进门处，这样的设计就是因为这个原因。他的日常生活安静冷清，不对别人的事流言嚼舌，充满理性。胡同的一侧是凌越在伊泽那间小屋上的一些小平房，全年响彻着流水声和妇人们下流的说笑声；其中住着一对姐妹，晚上谁有客人的时候，另一方就避开在走廊上来回走动。怪人只有在咧嘴笑的时候，会让人觉得他不正常。

白痴女特别安静老实，嘴里总是啰啰唆唆地说着些什么，含糊不清，即使听得清楚也不知何意。她不会做饭做菜，让她做可能也会做，但要是因为没做好对她发脾气的话，她就更做不好了；即便是去领取配给物时，也只是站在旁边一动不动，都是邻居帮她拿。有人说："是怪人的老婆，当然也是个白痴啦，就别有其他什么贪念了。"但怪人的母亲非常不服，对她连饭都不会做这一点很是生气，她大多数时候还是很稳重、有教养的，但是有时会歇斯底里地发狂，那时就会显得比怪人更加面目可憎。三个怪人当中，唯属她那声嘶力竭的叫声显得又蠢又变态。白痴女胆小，平常风平浪静时都提心吊胆，人的脚步声也会让她吓一跳，伊泽轻声向她打个招呼，也会让她在那儿发呆不动站上半天。

白痴女有时也会来猪圈。怪人会像来自己家一样大大方方地走进来，扔石头打鸭子，来回捅猪的面部。但是白痴女不发出任何声响，如影子般躲了进来，屏住呼吸躲在猪圈后面，这里是她的避难所。这时隔壁的老太总是会发出如同鸟叫般的声音，大叫道："小夜！小夜！"每当这时白痴女就会吓得身子缩成一团，站立不稳，要经过很长时间像虫子般一点一点来回挪动之后，最后才能慢慢行走。

报社记者、文化电影演出家等职业是底层职业，他们要掌握的只是时代的流行，不能落伍于生活，在这个世界里并不存在自我追求、个性、独创性。在他们的日常会话中，比起职员、官吏、学校、老师等词汇，自我、人类、个性、独创等词语要更为泛滥，但是那只是口头上说说而已，就像为女人用尽了所有的钱，然后喝得烂醉，将这种痛苦称之为人间烦恼一样极其无聊愚蠢。"为太阳旗而感动"、"感激士兵们"、"不由得眼眶发热"，一听到连续不断的轰炸声、"嗒嗒嗒"的机枪声，立即无意识地匍匐在地，没有高尚的精神是创作不出有真实体会的文章的，为此焦躁憔悴，深信拍电影以及所谓的战争表现就应该是这样。有个人说由于军队的审阅，所以很难写，但是又写不出其他真实内容的文章，文章本身的真实感和审阅也并没有多大关系。总之，不论哪个时代，这些人都写不出真实的内容，只有空虚的自我。他们一直深信：要顺应流行，以通俗小说作为蓝本来表现时代。事实上，难道所谓的"时代"只是如此的浅薄愚蠢吗？颠覆了日本两千年历史的这场战争和其战败到底和真实的人类有着何种关系？一个民族的命运被内心深处最薄弱的意志和愚众的妄动所牵动。在部长、社长的面前说"个性"抑或"独创"，他们会转过脸去，摆出一副鄙视的态度，"感激士兵们"、"为太阳旗而感动"、"不由得眼眶发热"等，新闻记者就是这样一回事，事实上，所谓的时代也就仅此而已。

　　有必要对师长拖沓冗长的训话拍上三分钟吗？有必要对工人们每天早上所唱的如同祷告词一般的奇怪歌曲从头拍到尾吗？话刚出口，部长转过脸去，带着厌恶的表情突然又回过头来，将高级烟使劲在刹帝利烟灰缸里一拧，怒目而视大吼道："喂！这个战争风云的时代里什么是美？艺术是无力的！只有新闻才是真实的！"演员们和企划部成员们自结朋党，彼此间的交情就如同德川时代的武士般，靠情面来展现才能。等级关系比公司职员间更严格，由此来保护各自的平凡，将源自于艺术个性和天才的争斗视为罪恶和违反行规，完善以相互帮助精神为宗旨、无能的救助组织。对内是无能的救助组织，对外却是"酒精"的获取组织，这个朋党占领了民众酒场，每喝三四瓶啤酒就开始醉醺醺地探讨艺术；他们的帽子、长发、领带和外衣都是一副艺术家的派头，但是他们的骨子里却比公司职员更像职员。伊泽相信艺术的独创，无法放弃个性的独特性，所以在这个讲究礼仪人情的制度当中不仅无法立足，而且憎恨他们平庸和低俗卑劣的实质。他被排挤在外，即便是主动打招呼，别人也不理睬他，里面甚至还有敌视者。伊泽走进社长室，这样表述了自己的观点：战争和艺术性的欠乏在理论上有无必然联系呢？还是军部的想法呢？如果只是描述现实，照相拍几下就已经足够了，从各个角度来审视，构成其艺术性，这才是我们艺术家要做的。社长听到一半转过头去，愁容满面地吐出烟圈，一副苦笑的表情，仿佛在说，你为何不辞去工作呢？是怕入伍吧？只要按照公司所计划安排好的那样，尽力做好自己平凡的工作，能拿到工资就别去多想其他的。社长的表情最后变得很是难看，没有作任何回答，只是做出一个姿势让他赶紧走。有时伊泽甚至会这样想：这个职业难道不是最卑贱的吗？如果狠狠心去当个兵，能将自己从深思的痛苦中解救出来的话，吃枪子儿也好挨饿也罢，也得个逍遥自在。

　　伊泽的公司还在制作计划编排"攻陷拉包尔空军基地"、"飞机轰炸拉包尔空军基地"等宣传的时候，美军就顺利通过拉包尔空军基地，在塞班岛上登陆了。"决战塞班岛"的企划会议还没有结束，塞班岛就遭失守，从塞班飞来的美军飞机就已经在头顶盘旋，满腔热情地制作出诸如"燃烧弹浇灭法"、"空手身体冲撞"、"土豆的做法"、"决不放过一架美军飞机"、"节电和飞机"等片子，让人不可思议。公司不断地制作出无趣透顶的电影，导致胶片短缺，能拍摄的摄像机越来越少。艺术家们的热情变得狂躁无比，在影片《神风特工队》《本土决战》《啊！樱花凋谢》中诗性大作，制作一些如白纸般空洞无聊的电影，仿佛明天东京就要变成废墟般。

伊泽已经没有了丝毫热情，早上醒来，一想到今天又要去上班，就想继续接着睡下去。迷迷糊糊中伊泽听到警报器响起，从床上起身，绑好绑腿带，抽出一根香烟点着，心想：如果不去上班，就没有香烟抽了。

一天深夜，伊泽好不容易赶到车站，但是已经没有了回去的班车，很晚才走回家。打开灯却发现从未整理过的床铺不见了踪影，从未有人打扫过，也从未有人爬进来过。伊泽觉得非常诧异，打开壁橱一看，发现白痴女躲在层层叠起的被褥旁边。她把脸埋入被褥里，不安的眼神观察着伊泽的表情，当看到伊泽没有生气，脸色显得放心而轻松，平静得不禁令人吃惊。只是嘴里嘟囔个不停，说话模糊简单，答非所问，不知所云且断断续续。不用伊泽问就知道，肯定是挨骂了逃了进来的。为了不增加她的恐惧，伊泽没有详问，只是问了问什么时候从什么地方进来的。她只是一个劲儿地说一些莫名其妙的话，还卷起袖子来轻轻抚摸手臂（上面有一处擦伤），说着"我很痛！现在呀、刚才呀都很痛"。将时间分得很明确，总之，最后伊泽听明白了，她是从窗户爬进来的。还说"因为打着赤脚在外面转了一圈爬进来的，脚上的泥巴把房间弄脏了，真对不起"等意思的话。伊泽从她絮絮叨叨的话中得知她在死胡同里徘徊了很久，但还是无法肯定判断她到底为什么要道歉。

深夜吵醒邻居将这个战战兢兢的女人送回去，实在很难办到；但是留她一宿第二天再送她回去，又难免产生误会，何况对方精神又不正常，这实在无法想象后果。伊泽心里升腾起一股莫名的勇气——算了！管不了那么多了！实际上他是被一种对生活上的感情丧失产生的好奇和刺激所吸引，不管那么多了，且将这一现实看成一种对自己生活方式的考验。他对自己说：就权当义务保护这个白痴女一晚上，不用去多想和担心其他，没必要为庆幸这一意外事件的发生感到羞耻。

铺好两个床铺后让她睡下，熄灯后还没过一两分钟，她就突然从被子里爬了出来，蜷缩到房间的一个角落里。如果不是寒冬，伊泽也许不会理会她，但是在这个寒冷的深夜，一人用的被褥分成两人用，加上寒气逼人，令人瑟瑟发抖。伊泽起身打开电灯，她合拢衣领蜷缩在门口，用就像被逼得走投无路般的眼神看着他。问她怎么了，让她赶紧去睡，女人又乖乖地点点头睡进被子，但是关了灯后没一两分钟，又从被子里爬了出来。伊泽告诉她：不会碰她的身体，用不着那么担心，女人眼睛里充满胆怯，嘴里咕咕哝哝好像在辩解。第三次关了灯后，她又从被窝里爬了出来躲进橱柜，并从里面反锁。

伊泽最终发怒了，粗暴地打开橱柜门，说道："你有没有搞错？我已经讲得很明白了，你还要躲进去，这不是在侮辱我吗？我这里这么不值得信任，你为何还要躲进来？你这是在捉弄人，侮辱我的人格，反倒好像你是受害人一样，可以适可而止了！"想想她也理解不了这番话的意思，伊泽想，不如扇她一个耳光让她快点儿睡觉。谁知女人竟一副似懂非懂的表情嘴里嘟囔着说了些什么，好像意思是：我想回家，我没来就好了，但是我已经没有可以回去的地方了。听了这话，伊泽也心生恻隐之情，对她说道："那就安安心心在这里睡上一夜，我没有恶意，只是你的做法好像自己是受害者一样，这让我很生气，不要躲在壁橱里了，睡到被褥里去吧。"于是，女人盯着伊泽语速飞快地嘟囔着，伊泽清楚地听到她说了一句"我让你讨厌了"。这让他非常吃惊，伊泽睁开眼睛反问道："你说什么？"女人发呆地盯着别处，沮丧地絮絮叨叨地说着，大概意思为："我没来就好了，我让你讨厌了，我没想到会这样。"

伊泽这才恍然大悟。

她并不是害怕他，事情全然相反。她并不是仅仅因为挨骂无处藏身来到他这里的，她一直对他的感情有所企图，但是到底是什么让她相信伊泽的感情呢？只是在猪圈、胡同和街上打过几声招呼而已，想想都觉得唐突、好笑。现在展现在伊泽面前的只有白痴的意志和感受力等这种超出人性化的东西。在关灯后过了一两分钟对方都没有碰自己的手，所以她才觉得对方不喜欢自己，难为情地从被子里爬了出来。她真的是为此而悲伤吗？伊泽真的可以相信这点吗？因为无法肯定，最终慌忙躲进壁橱，可以将这理解为白痴女的羞耻和自卑吗？这些都无从判断，只有让自己落魄得和白痴一样，这种对人类的区别，有必要吗？她也有和白痴一样真实的内心，那就是羞耻心，而自己最需要的正是像白痴一样的内心，幼小且真实。可是自己却把它忘记了，在肮脏的俗世里一点点被染黑，追寻着虚妄的影子，疲惫不堪。

　　伊泽让她躺进被褥，坐在她的枕头边，就像哄三四岁的女儿入睡一般，轻轻地抚弄着她额头的刘海儿。她发呆地睁着眼睛，如孩子般纯洁无邪。伊泽一本正经地说："我没有厌恶你，爱的表现并不仅仅是肉体上的，人类最终的栖身之地是故乡，你就是常住我故乡的那个人。"但是，她听不懂。语言到底是何物？它有何价值呢？没有任何东西能证明唯有人类的爱是真实的，那么到底有没有值得付出热情的真实呢？所有的一切都是虚幻的影子。抚弄着她的头发，伊泽突然想恸哭一场，这虚无缥缈、渺小的爱情仿佛就是自己一生的宿命，不禁内心苦闷痛苦。

　　这场战争的结局究竟会如何？也许是日本战败，美军入侵本土，大半日本人将会死去，那只能是另外一种超自然的命运——天命！伊泽还面临着一个更加卑微的问题，那么寻常且迫在眉睫,一种不安若隐若现、纠缠不放。每月公司发的二百日元工资能领到何时?明天会不会被解雇而流落街头?害怕领工资时就是宣告被解雇的时候,拿到工资就可以多活一个月,由此体会到一种由衷的幸福感,但是这种卑微感让他心痛难受。他梦想着艺术,然而在艺术的面前如一粒尘土般的二百日元为何能成为捆绑身躯、动摇生存根基的巨大苦闷之源?不仅仅是生活本身,精神灵魂都受这二百日元的束缚,面对这一卑微却能保持平淡冷静,就更显示出人的可怜。"风云变幻的这个时代,艺术是无力的!"部长的怒吼声给伊泽的内心中灌入另外一种真实,被其巨大力量所震撼。啊!日本要战败了!同胞们如同泥人一般垮塌,水泥土和砖瓦的粉尘中飘舞着无数的断臂残肢,民族将变成没有一棵树木、没有一幢建筑的一个平坦的墓场,让人无处藏身。但是如果苟且能生存下来的话,对于新生命的新生、完全无法预测的新世界和废墟上的重生,伊泽尚存好奇心。这很可能是半年或一年后的命运,但是不管这天会不会到来,只觉得是梦境中缥缈遥远的一个恶作剧。二百日元遮蔽了眼前的一切,将生存的希望连根拔除,甚至做过被二百日元勒紧脖子的噩梦。二十七岁青春的所有热情被漂白得苍白无色,漫无边际地在黑暗的现实中徘徊。

  伊泽想要女人,这曾是他最大的希望,但是两人生活被二百日元所局限;锅碗瓢盆、柴米油盐都上了咒语,然后生下被上了咒语的孩子,女人也被上了咒语般变成魔鬼终日唠叨。憧憬、艺术、希望全都消散殆尽，生活就像路边的一堆马粪一样被踩踏，干了之后被吹散得无影无踪；女人背负着咒语，面对这无法忍受的卑微生活，然而他无能为力。战争啊！你以巨大的摧毁力和扭曲的公平来裁判每个人，使整个日本变成废墟，人如同泥人般倒地，这是一种何等虚无苦闷的情感啊！在毁灭之神的手爪中酣睡，当警报响起反而会精神抖擞地绑上腿带，生命的不安和玩耍就是每天的生存意义，警报解除后，又产生绝望的失落感。

这个白痴女不仅不会做饭，连排队领救济都很难做到，说话说不清楚，就像一块极薄的玻璃片，喜怒哀乐一展无余，在恍惚和胆怯中领悟他人的心思。二百日元这一恶灵不会附着于她的身上，她不正是为我而造的一个可怜人偶吗？伊泽与她紧紧相拥，如同漂游在黑暗的狂野中，眼前是漫漫不归路。

尽管如此，伊泽还是觉得这个念头有些古怪，愚蠢荒诞，可能是由于渺小的人的内心已经被腐蚀的缘故吧。虽然知道这点，但是涌现出的这种念头和纯粹的感情是如此的虚妄，这又是什么原因呢？比起白痴女来，那些卖淫妇和贵妇们是不是更具有符合生存规则的人性呢？只是这个严肃的规则愚蠢至极。

自己在怕什么呢？是那二百日元的恶灵吗？但是现在因为这个女人，已经和恶灵绝缘，为何还是被恶灵的诅咒束缚呢？伊泽怕的只是世俗的外表，世俗只不过是那些卖淫妇、小妾、志愿队孕妇和长得像鸭子、叫声带鼻音的老板娘们的闲言碎语，除此之外就别无其他了。他虽然心里明白，却不愿相信，还是害怕这一奇怪的生存规则。

那一夜短得让人吃惊（同时也是一个漫漫长夜），本以为不会天亮，但是不知不觉天还是亮了。伊泽的身体被早晨的寒气冻僵，待在这个女人的枕边只是不停地抚弄着她的头发。

那天之后，生活发生了变化。

但是只是一个人的家里多了一个女人的肉体的变化而已，如同虚幻一般，在伊泽的身边和他的精神上没有产生任何一丝新的变化；他只是在理性上看待这个异常事件，就像只是家里的桌子换了一个摆放位置一样，没有任何影响。他每天早上上班，一个白痴躲在壁橱里等他回来，他一出门就将她忘在脑后，就好像是发生在十年、二十年前的事情一样。

战争不可思议地让人变得健忘，其破坏力可以使一日之内发生几百年的变化，一周前发生的事情几乎是几年前发生的一样，一年前的事情则被尘封在记忆的底层。就在几天前，伊泽家附近的马路、工厂周围的建筑都被毁坏，整个城市尘土飞扬、人流四散，一片狼藉；但是，就像是发生在几年前一般，全然变样的街景已经让人习以为常。在这种健忘的繁杂碎片当中，还掺杂着白痴女模糊的影子，昨天车站居酒屋前疏散队伍后留下的短棒、被炮弹炸出的楼房洞穴、烧毁的街道中间，都隐约出现她的面容。

警报每天响起，有时还会响起空袭警报。每当这时伊泽就会心情郁闷，他担心他不在家时空袭会不会带来什么变化，害怕白痴女失去理智跑出房间被邻居们知道。由于这种变化的不确定性，他每天只能在天黑后回家。他无法克服这种低俗的不安，也曾作过几次徒劳的反抗，觉得至少应该向裁缝坦白这件事情，但还是对这种卑劣感到绝望，因为这只不过是一种被害人通过坦白来排解不安的残忍手段而已，他愤恨自己的本质和世俗一样卑劣低下。

白痴有两张脸让他无法忘记，在拐过街角时或踏上公司台阶时或穿过电车中的人群时，在许多时候都会让他想起这两张脸。每当这时，他的一切挂念都会凝固，瞬间变得气愤而绝望。

一张是他第一次接触到她肉体时的表情，虽然第二天他觉得事情是像发生在一年前一样，但是唯有她的表情深深烙在他的心里。

那天后，白痴女只不过是个等待期盼中的肉体，伊泽丝毫没有想过除此之外的任何东西，只是在等待中不断地等待。他的手只不过碰触到她肉体的一部分而已，对她来说就是肉体关系，她的身体、脸都只是在不停地等待。令人吃惊的是，深夜里伊泽的手只是碰触到她，她麻木的身体就会发生反应；唯有肉体还有生命，在睡梦中等待期盼。但是醒来之后，女人的脑子里只剩下虚幻，唯有昏睡的灵魂和活着的肉体。醒的时候灵魂昏睡，睡着的时候肉体醒着，有的只是无意识的肉欲，它只不过是这样一种肉体——会挑起总是保持清醒、并且如虫子般的不厌其烦的反应和蠢动。

　　偶尔伊泽休息在家，有时轰炸达两小时，由于没有防空洞，他们俩就躲进壁橱的被褥后面，这时白痴的表情也让他难以忘记。轰炸集中发生在离他家四五百米的地方，天崩地裂，在轰炸声中，停止了呼吸和挂念。燃烧弹和炮弹同样是炸弹，但是其恐怖程度如同青蛇和蝮蛇一样。燃烧弹虽然也会发出"轰隆轰隆"的可怕声音，但是响声与其说是"虎头蛇尾"，不如说是"虎头无尾"，在地面上并不会发出巨响，在头顶上时就没有了声音，缺少绝对的恐怖感。炮弹落下的声音小，但是如同下雨般落下时，发出天崩地裂的巨响，恐怖至极；在不远处爆炸时，会袭来一种绝望的恐怖，让人丧失对生的奢望。美军飞机飞得很高，若无其事地发出"轰轰轰"的声音，就像是一个怪兽挥起巨斧漫无目的地四处狂砍一般。由于不能确定攻击目标，飞机投下雨点般的炮弹，爆炸的吼声听起来遥远且不安，对死的绝望在即将爆发之前散发出冷峻的光。

　　所幸伊泽的房间四面都被平房、怪人家还有裁缝家的两层楼包围着，有的邻居家的窗户玻璃被炸碎，有的屋顶被炸破，只有他家的玻璃没有碎，在猪圈前的菜地里落下了一条沾满血迹的防空头巾。躲在壁橱中的伊泽清晰地看到白痴那张痛苦、绝望、苦闷的脸。

　　人是有理智的，多多少少会有些许克制和抵抗，没有比丝毫没有理智、克制、抵抗更可怜的了；她的表情和全身都充满着对死的恐惧和苦闷，苦闷的挣扎中流下一滴眼泪。如果狗落泪的话，就像会笑的狗一样丑陋，没有比没有理智的落泪更丑陋的了。面对轰炸，四五岁乃至六七岁的幼儿不会哭泣，他们心跳如波澜，丧失了语言，只是瞪着一双大大的眼睛；也只有这双眼睛还活着，睁得大大的，并没有直接表现出不安和恐惧，相反，不可思议地更加理性地克制住感情。大人们只有在瞬间才能做到这点，有的还无法做到，因为大人会表现出露骨的不安和对死的痛苦害怕。也就是说孩子看起来比大人更理性。

白痴的苦闷与孩子们的大眼睛中的神情迥然不同，只是一种对死的本能恐惧和苦闷，不是人所具有的，也不是虫类所具有的，是那么的丑陋。如果说有相似的话，就如同一寸半长的幼虫膨胀成五尺长，在痛苦地挣扎，并且还挂着一滴泪。

没有言语、没有喊叫、没有呻吟，也没有表情，甚至没有意识到伊泽的存在；如果是人的话，不可能会有这样的孤独。一男一女躲进壁橱，是人的话怎么可能忘记另外一方的存在呢？人的绝对孤独一定会意识到他人的存在的，怎么可能会有如此盲目、无意识、绝对的孤独呢？那是一种虫类的孤独，可怜的绝对孤独，这种丝毫无意识的苦闷丑陋得不堪入目。

轰炸结束，伊泽抱起她；原本只要手指一碰到她的胸部就会有反应的，这回却丝毫没有了反应，只是抱着一个躯壳，在无限的黑暗中坠落。

那天轰炸过后，他看到被扫平的民房间散落着女人的脚、露出肠子的女人，还有女人的短颅。

三月十日大空袭后，伊泽漫无目的地在冒着浓烟的废墟上行走。到处躺着成堆的烧焦尸体，如同烧焦的鸡一样，他不觉得害怕，也不觉得脏，有的如同烧死的狗一样，对于这种卑贱的死没有丝毫的悲痛。并不是人死得像狗一样，而是人和狗以及其他一些动物一样，像烧鸡一般刚好装了满满的一盘，连狗都不是，还谈得上是人吗？

伊泽这样想：如果有个晚上燃烧弹烧到这条街，白痴女被烧死了的话，不是正如泥土做的人还原成泥土吗？一想到这儿，他变得异常冷静，意识到自己沉思的样子和表情以及自己的眼睛。他静静地等待着空袭的到来，并嘲讽那可能是件好事。

我只是讨厌丑陋，没有灵魂的肉体仅仅只是烧死而已，我不会杀死她，我是个卑劣低俗的人，没有那样的胸襟。但是战争会杀死她吧，如果能抓住一丝战争的残酷魔爪伸向她的线索就好了，可是我不知道。

也许在某个瞬间，这问题就会自然解决了吧——伊泽极其冷静地等待着空袭的到来。

那天是四月十五日。

两天前的十三日，东京遭到第二次空袭，池袋、巢鸭和山手等地遭袭，有时会得到受灾证明，所以伊泽去埼玉采购食物，背一点米回来。在他到家的同时，响起了空袭警报。

下一次东京空袭肯定会轰炸尚未遭轰炸的地方，这点谁都会想到，快的话会在明天，最迟不会超过一个月就会遭到这样的命运。之所以快的话会是在明天，是按从前的空袭速度和最快的夜间轰炸准备的间隔来推测的。但是伊泽没有料想到会是今天，所以他出去购物，其实还有另外一个重要目的，他学生时代与卖家关系很好，他要把两个装满东西的旅行箱和背包寄存在他家。

伊泽疲惫不堪，装扮也是防空服装，把背包当枕头，在房间中辗转反侧，在空袭来的时候他睡得迷迷糊糊。醒来时，收音机传来消息：先头部队已经逼近并通过伊豆南端，与此同时空袭警报响起，他的直觉告诉他：今天是这条街的最后一天了。把白痴女推进壁橱后，伊泽拿上牙膏和牙刷来到井边。几天前好不容易才买到狮牌牙膏，他很久没有享受到刷牙的爽快了，所以命运的最后这一天想洗个脸刷个牙。牙膏稍微换过了一个地方就很长时间找不到（只是觉得时间长），好不容易找到了，香皂（以前的化妆香皂）又因换动地方一时找不到。尽管他尽力让自己不要慌张，头碰着橱柜，脚绊到桌子，想尽快让自己切断一切杂念，集中精神，但是身体还是本能地滑倒。好不容易找到香皂跑到井边时，看到裁缝夫妇正在往菜地的防空洞里扔行李，像鸭子的女人提着行李，急得团团转。伊泽还是固执地不放弃洗脸刷牙，今晚到底会是怎样的命运呢？还没有洗完脸，高射炮已经开始发射，抬头一看，十来颗照明弹照亮天空，光亮中突然出现一架接一架的美军飞机；往斜前方一看，车站前面方向已经变成了火海。

　　这天真的来了！当伊泽意识到这点时，他变得异常冷静，戴上防空头巾，披上被褥站在屋前，数了数共有二十四架飞机穿过通红的天空，从头顶飞过。

　　高射炮发出奇怪的响声，却没有发出爆炸声，当第二十五架飞机飞过时，燃烧弹发出如同运货火车驶过高架桥般的轰响，从伊泽头顶飞过，集中向后方工厂一带轰炸。站在屋前无法看清，从猪圈那边看去，工厂那边烧成一片火海。更让人吃惊的是，从相反方向也不断飞来飞机，朝后方一带集中轰炸。这时收音机的声音停止了，烧红的天空浓烟弥漫，丝毫看不清飞机和照明灯的光亮。除了北方的一个角落，四周已经变成火的海洋，渐渐袭来。

　　裁缝夫妇是谨小慎微的人，平时就往防空洞内藏好行李，连填缝的泥土都准备好了；为了万无一失，还给防空洞砌好缝隙，另外还铺盖上菜地里的泥巴。裁缝一副以前消防员的装束，拖车上装满一车行李，抱着胳膊看着远处的火势说道："这火可不得了啊！是浇不灭的，我们也逃吧，被烟熏死了可不值得啊，我们一起走吧。"这时，强烈的恐惧感向伊泽袭来，他的身体和他们一起在往下滑，但是内心企图挣脱身体的动摇来阻止下滑，同时心底涌现出排山倒海的悲鸣。他吓得惊魂失魄，差一点点就会被烧死，但是极力克制住不由自主开始趔趄的身体不断下滑，说道：

"我还是再等等，我还有工作，我是个文艺工作者，这是个在生命面临绝境得以正视自己的机会，应该试着作最后的较量。我也想逃，但是我不能逃，我不能错失这样的机会，快！快点！你们先逃吧！晚了就来不及了！"

"快！快点！晚了就来不及了！"这是他对自己说的，不是在催促裁缝他们。他也想早一点逃走，但是必须在周围的邻居离开之后，他才能离开这个地方，否则的话，白痴女就会被他们发现。

"那你要保重啊！"裁缝慌慌张张、东撞西碰地推着车走了，他们是这个胡同最后撤走的邻居。如同惊涛拍岸般的巨大声响，高射炮击中屋顶散落下无数的碎片，"哗哗哗"的无节奏的恐怖声音持续不断，还有在府道上行进的难民们的惊恐声，在这些没有节奏无休止的奇怪声音里又有谁能判断出惊恐之声呢？飞机的爆炸声，高射炮射击声、炮弹坠落声、爆炸声、惊恐声、屋顶破裂声等，天地之间充斥着无数的声响。但是在离伊泽身边几十米的周围的火焰地里还是有一小片黑暗的静谧之处，不正常的静寂和令人发狂般的凝重笼罩着四周。再等三十秒，十秒，是谁下了这样的命令？为何要服从这样的命令？伊泽几乎要发狂，他突然想哭喊挣脱开一切，漫无目的地逃跑。

这时，震耳欲聋的声音在头顶上响起，伊泽不顾一切倒地卧下后，头上的声音突然消失，四周又不可思议地恢复寂静，虚惊一场。伊泽慢慢地站起来，拍去胸前和膝盖上的尘土，抬头一看，怪人家烧着了，啊！终于被烧了，对此他没有丝毫吃惊，仔细一看，左右和近在咫尺的平房都烧了起来。他冲进房间，打开壁橱的门（实际上已经掉落下来），抱起白痴女，披上被褥向外跑去，之后一分钟的记忆全无。快到胡同出口的时候，巨响又在头上响起。爬起来一看，胡同口的烟草店和对面房子的佛龛都烧着了，回过头一看，裁缝家烧了起来，自己的家好像也遭难了。

　　四周全是火海，府道上很少难民的影子，火星四处飞散，伊泽心想："看来不行啊！"来到十字路口，这里人群拥挤，大家都朝着一个方向奔去，因为那边离火势最远，已经没有了路，人群和行李重叠，相互推挤踩踏，被推着前进。当头上响起炮弹坠落声，所有人立即伏地，有几个男的踩着伏地的人群往前跑去。其中一大半是行李、孩子、女人和老人，他们呼喊着、走走停停、倒退前进、相互推挤，火势向左右两边马路袭来，朝狭小的十字路口燃烧过来。因为那边离火势最远，大家还是往那个方向跑去。但是伊泽知道那边没有空地也没有田地，燃烧弹堵住去路的话，这条路就会成一条死路。这条马路两边的房子燃烧起烈火，伊泽知道越过房子的话，会有一条小河，顺着小河往上游走的话有一片麦田。这条马路上没有一个人，所以也有一些动摇。突然他看到前面一百五十几米的地方有一个男的在灭火，灭火的样子也并不是多么勇猛，只是拎着水桶浇两下，停停走走，动作迟钝，样子蠢笨得让人难以理解，在他看来就是一个没被烧死的人站在那儿而已。只剩下最后一次机会了，只有靠决断来选择，十字路口处有个水沟，他将被褥浸在水沟里。

　　伊泽和女人两人顶着一床被褥，朝人流相反的方向跑去。当朝大火燃烧的方向跑去时，女人本能地停下脚步，跟跟跄跄地想跑回人群，伊泽用力拽住她的手、抱住她的肩膀，将她紧紧地抱在怀中，小声说道："去那边是死路一条！死的话，我们一起死，不要害怕，我不会扔下你，忘记火和炮弹，我们要走的路就是这条，靠着我的肩膀，盯着前方往前走就行，明白吗？"女人用力点点头。

　　她的点头虽然幼稚，但是让伊泽感动并震撼。这是在不分昼夜的长时间空袭恐怖中，女人第一次表现出来的意志，也是唯一的一次应答。她的可爱让他心动，这时才觉得拥抱的是一个"人"，并为此而骄傲。

　　两人穿过大火和炙热的空气，道路两边虽然还是火海，但是房子已被烧毁，火势和热气渐退。这里也有一个水沟，伊泽把女人全身浇湿，把被褥重新浸湿。路上到处是烧坏的行李和被褥，地上躺着已经死亡的四十岁左右的一对男女。

　　两人再次并肩奔向火海，好不容易来到小河边，但是小河两边的工厂在熊熊燃烧，进退两难。突然发现河边有个梯子，伊泽让她披上被褥爬下梯子，自己则跳了下去。三五成群的人在河中行走，白痴女有时会将身体浸在水中，虽然即使是狗也会这样做，但是在伊泽看来，一个全新可爱的人正在重生，他贪婪地看着浸在水中的她。小河慢慢远离大火，渐渐进入一片黑暗，虽然烧红的天空下不可能有真正的漆黑，但是黑暗意味着重生。由于无尽的疲惫和虚无，他越发感觉茫然。心底涌现出些许宽慰，但是却觉得那么吝啬和愚蠢，一切都是那么荒诞。上了河岸，有一片麦田，三面环山，有三四百平方米，有一条国道穿过山丘和麦田，山丘上的房子、麦田边的澡堂、工厂和寺院等也在燃烧，冒着浓淡各异的白、红、橙、蓝等颜色的烟，突然风声大作，下起像雾一般的毛毛细雨来。

绵绵不断的人流行进在国道上，在麦田休息的人有数百人，比起国道上的人来并不算多。麦田尽处有一片杂木林，里面几乎没人，两人就在树下铺上被褥睡了下来。山下田地边上，一户人家着火，看到有几个人在灭火；屋后有一口水井，一个男子正在边压水泵边大口喝水。他人发现后，一下子聚集了二十多个男女老少过来等着压水喝，然后靠近快烧尽的屋子，围成一圈儿取暖；时而躲开掉落的火球，时而把脸背过熏烟，聊着天，没有一人帮助救火。

白痴说想睡觉，咕哝着说累了、腿痛、眼睛痛，重复不停地说想睡觉。伊泽给她盖上被褥，自己在一旁抽烟，也不知吸了几根。远方响起警报解除的响声，几个巡查走在麦田里通知警报解除，他们声音沙哑，已经不像人的声音。蒲田署的那些人说矢口民众学校没被烧毁，让大家集中到那儿，人们从田埂上站起来，往国道走去，国道上又满是人流。但是伊泽没有起身，一个巡查走到他面前。

"她怎么了？受伤了吗？"

"没有，累了，在睡觉。"

"你认识矢口民众学校吗？"

"认识，先休息一下再过去。"

"要振作起来，这只是件小事而已。"

巡查的声音和身影消失，树林中只剩下他们两个人，但是她与一堆肉又有什么区别呢？她睡得正酣，所有的人都行走在废墟上，他们失去了家园，可能谁都不会想到睡觉这件事吧。现在能睡着的只有死人和她，死人不会再醒过来，但是她不同，而且即使醒来也不会发生任何变化。她打着以前从未听到过的鼾声，和猪的鼾声一样，伊泽想：她和猪没什么区别。他突然想起小时候的事情，一个孩子王领着十来个孩子追赶小猪，追到后，孩子王用折叠刀切了点猪臀部上的肉下来，猪没有痛苦的表情，也没有发出特别的声音，就好像不知道臀部上的肉被切了一样，只是四处逃窜。想想在美军飞机肆无忌惮的空袭下，水泥钢筋建筑瞬刻倒塌，在枪林弹雨和土崩瓦解的废墟中四处逃窜的自己和这个女人；在水泥钢筋废墟后面，女人被压在男人身下，男人用力把女人扭了过来，一边沉醉在肉体行为中，一边吃着从女人臀部上拧下的肉，女人臀部上的肉在一点点减少，但是女人只在想着肉欲。

天快亮时，气温骤降，虽然伊泽穿着外套和夹克，但是还是抵御不了寒气。山下的麦田有几个地方还是一片火海，伊泽想去那边取暖，但是这个女人醒了的话可不好办，他一动不动，他无法忍受她的醒来。

也想过在她睡着的时候弃她而去，但是那也是件麻烦事。遗弃一个人就像扔纸屑一样需要勇气，还有"洁癖"吧。也就是说：没有遗弃这个女人的勇气和"洁癖"。对她没有丝毫的感情和依恋，也没有遗弃她的勇气，因为对明天没有生存的希望，即使明天将她遗弃，还会有新的希望出现吗？那靠什么生存呢？不知道家和墓穴会在哪里？美军入侵，万物皆毁，这场战争的巨大破坏力会审判一切，万念俱灰。

伊泽决定天亮后叫醒这个女人，离开废墟，重新寻找安身之处，朝远处的停车场方向走去。电车和火车不知还能运行吗？背靠停车场四周篱笆墙根儿休息时，他这样想：今天会不会天晴呢？太阳会不会照到我和我身边这头猪的背上呢？今天实在是太冷了。

堕落论

堕落論

堕落論

　　半年之间，世事变幻。自诩为天皇卫士的我辈，为了天皇赴汤蹈火、死而无悔。年轻的生命如樱花般凋零，苟且保命地在黑市中残喘生息。曾经许诺愿将生命奉献给天皇，之后又违背誓约。当年毅然送夫赴战场的女人们，半年之后叩拜亡夫的灵位就变成象征性的行为，没过多久心里就另有心仪之人。并不是人善变，本来就是如此，变的只是世态的表面。
　　以前，拒绝四十七士的求情断然执行死刑的理由之一就是：不能让因苟且偷生而玷污一世英名的人活着，其恳切之心可见一斑。现代法律不会有这样的情面，但是人的内心还是多少有这样的一个倾向——"美"要保持到最后。十几年前，在大矶的一个地方，一个学生和一个女孩带着童男贞女的纯洁爱情自杀了，当时引起了人们的极大同情。几年前，和我非常亲近的一个二十一岁的侄女自杀死后，我也曾觉得她在最美的时候离开人间是件好事。这个女孩外表纯洁清丽，让人害怕这种"美"会被破坏、落入地狱，唯恐不能看到其洁身走完一生。

战争期间，文人被禁止写有关寡妇的恋爱故事，这是军人政治家们出于为了不挑逗战争寡妇们堕落而策划出的阴谋，想让她们像教徒一样度过余生。军人们对负面事物的理解力非常敏感，并不是他们不知道女人善变，相反对于这点他们非常了解，所以会想出这么一招来。

都说日本武士从来就不了解女人，但这只是一种肤浅的见解；他们所发明的武士道这一粗俗至极的法则，实际上是一座抵御人性弱点的壁垒。

武士们为了复仇而想方设法，即使沦为乞丐也要对仇敌穷追不舍，但是有真正满含仇恨对仇敌死追不舍的忠臣孝子吗？他们所知道的就是复仇法则和这一法则所赋予的名誉。日本人从来就最缺少仇恨心，并且这种仇恨心不会持续长久，昨天的仇敌会变成今天的朋友，这种乐天性格可能就是最真实的内心吧。与昨天的敌人妥协并成为肝胆相照的朋友，这种事情司空见惯，正因为曾是仇敌反而更加坦诚相待，可以瞬刻改易君主，为昨日的仇敌效忠。虽说不可受活捉之辱，但如果没有这条规定，就不可能让日本人去打仗；我等对规则绝对顺从，但是我们的真实内心却与此相反。日本战争史与其说是武士道的历史，倒不如说是争权夺势的历史，与其让历史来证明，还不如通过正视内心的本来面目，可能更能知晓历史的阴谋。就像当今的军人政治家们禁止让写寡妇恋爱题材一样，古代武士通过武士道来克服自己以及部下的弱点。

　　小林秀雄称政治家为不具有独创性、只是会管理和统治的一群人，其实未必其然。虽然通常大多数的政治家都具有这种性质，但是少数天才的管理和统治方法却具有独创性，并且成为平庸政治家们的一个规范，将各个时代、各个政治串联起来，以一个历史的形式显示出生存者的巨大意志。在政治上，历史并不是将个体串联起来，而是以抹杀个体来诞生个别巨大生物；在历史形态上，政治也产生了巨大的创新。是谁发动了这场战争，东条英机还是军部？表面似乎是这样，但是毫无疑问应该是贯穿整个日本的巨大生物、历史进退两难的意志。日本人在历史面前只不过是顺从命运的孩子；政治家即使没有好的独创，政治也会以具有独创和热情的历史形态，如大海的波涛般迈着不整齐的步子往前行。是谁创造出武士道来的？这可能也是历史的独创或嗅觉吧。历史常常会嗅到人的本性，虽然武士道道义中对人性和本能的禁锢是非人性、反人性的，但它是对人性和本能的洞察结果，在这一点上却又是充满人性的。

　　我认为天皇制就是极富日本特征（或者说是顺从性或独创性）的一个政治产物。天皇制并不是天皇创造出来的，虽然天皇也曾有过阴谋策划，但是总的来说什么也没做。阴谋策划没有成功的先例，或遭流放或逃亡山中，结局通常是由于政治理由确立了其存在的地位。天皇即便是在被社会遗忘的时候，其政治上的地位也受到了拥戴，其存在的政治理由也就是来自于政治家们的嗅觉；他们洞察日本人的秉性，并且在这一秉性当中发明了天皇制。这不仅限于天皇，如果可以替代的话，儒教、佛教，甚至是马克思主义都不成问题，只不过它们都无法替代而已。

　　日本的政治家们（贵族、武士等）为了自己的永久昌盛（没有这样的可能，但是他们这样梦想着），至少作为一种手段，觉得有必要保留君主制。平安时代的藤原氏自立天皇，并且让自己委身于天皇，没觉得有丝毫的麻烦。通过天皇来处理内部争斗，导致骨肉相残、欺君犯上。他们是本能的实质主义者，只求自己的一生幸福，所以满足于朝廷仪式上给天皇顶礼膜拜的这一怪诞的形式，并且沾沾自喜。向天皇叩拜，既可以显示自己的威严，又是一种让自己感受威严的手段。

　　在我们看来，这实在是件愚蠢的事。每当电车在靖国神社处拐弯的时候，有人就会情不自禁地低下头。真为这种愚蠢行为感到无可奈何。对某些人来说只有通过这样的做法，才能感受到自己的存在，我们虽为这种事情感到可笑，但是在靖国神社里我们自己也在不知不觉地做着同样愚蠢的事情。据说宫本武藏从一乘寺赶往松果场时，途经八幡神社前时，都会不由自主驻足顶礼膜拜。他号召大家不要信神，这一发自内心的教导却让他充满悔恨；我们在无意识中，不自觉地对愚蠢的事物顶礼膜拜。道学先生开讲前,先在讲坛上叩拜书本,可能是通过这一行为来感受自己的威严和存在吧。我们也在不知不觉地做着同样的事情。

对于像日本人这种从事阴谋权术的民众来说,为了实现阴谋权术,或者为了忠义身份,需要天皇的存在。即使个别政治家认为没有这样的必要,但是出于对于历史的嗅觉,比起对于这种必要性的感受,他们更在乎的是自己所处的现实。丰臣秀吉去聚乐第①行幸时,面对盛典而泣,但是在感受自己的威严的同时,也看到了宇宙之神。这只是丰臣秀吉的例子,并不是其他政治家,阴谋权术即便是一种恶魔般的手段,但是恶魔像孩子般膜拜神并不难以想象,本来就有各种各样的自相矛盾。

总之,天皇制和武士道是一丘之貉。因为女人的心善变,就制定出"好女不嫁二夫"的规矩。禁锢本身就是非人性和反人性的,但是洞察其本质这点又是符合人性的。同样,天皇制本身并不是真理,也不合常理,但是其对历史的发现和洞察这一点上,蕴涵着无法轻易否定的深刻道理,不能完全从表面去看待真理和自然法则性。

希望"美"能保持到最后是一个渺小的心愿,或许我也应该期盼侄女没有自杀,好好活下来,最后落入地狱,徘徊在漆黑的旷野。现在虽然我在文学道路上四处流浪,但是"美"能保持到最后这一渺小的心愿始终挥之不去。不能善

---

① 丰臣秀吉在京都建造的城郭式大宅邸。

始善终的美不是美，或许即使沦落到地狱还能保持美，这才能算得上真正的美。一定要看到二十岁的处女变成一个六十岁的老妪吗？我不明白，我还是喜欢二十岁的美女。

虽说死了一了百了，但真的是这样的吗？有人认为：战败后最可怜的是那些战亡的英灵们，对于这一观点我不能完全同意。一想到六十多岁的将军们对法庭还心存眷恋，我完全不知道什么才是人生的魅力。或许如果我是他们的话，我也会像他们那样吧，我不禁对"生"这一奇怪的力量感到茫然。是不是老将军们也同我一样喜欢二十岁的美女呢？觉得战亡英灵们可怜，意思是指他们也喜欢二十岁的美女吗？如果是那样的话，我也能安心，至少也能一心一意地保持追求美女的信念，但是何谓生存，我不得其解。

我极其厌恶看到血，当眼前发生汽车相撞事故时，我会即刻转身逃走。但是，我喜欢巨大的破坏力，在因为炸弹和燃烧弹感到恐惧的同时，又为其可怕的破坏力感到亢奋不已，没有比这时更眷恋人世的时候了。

有几个人主动提供他们乡下的住房给我，建议我去避难，但我还是执意留在了东京，我打算将大井广介家废墟里的防空洞作为最后的据点。和去九州逃难的大井广介分别的时候，大多数朋友都已经离开了东京。不久后，美军登陆，四周响起重型炮弹的爆炸声，那时我正屏住气息躲在防空洞内，一想到这儿，不禁觉得自己是那么顺从命运的安排。那时，我想我可能会死，但毫无疑问还是希望能多活些时日。只是在废墟中生存下来，还能有什么抱负可言呢？除了活着，没有其他任何奢望。对未知新世界的不可思议的重生——这种好奇心是我一生中最新鲜的东西，为了这一新鲜的好奇心所付出的代价就是好像着魔了一般执意留在东京。但是，我是那么胆小害怕，昭和二十年四月四日这天，我第一次经历了长达两小时的轰炸，头顶上的照明弹亮如白昼。那时刚好来东京的二哥也躲在防空洞内，问是否是燃烧弹，我正想回答是照明弹，可是腹部不用力的话，根本就发不出声音。当时我在日本电影公司当特约工作人员，银座被轰炸后，在银座日本电影公司这座五层建筑屋顶的一个塔上放有三台照相机，为了拍摄美军部队的来袭。空袭警报一响，路上、窗户边、屋顶和银座空无一人，连屋顶上的高射炮阵地也被遮掩起来不见人影，只有十来个人裸露在天地之下的这个屋顶上。燃烧弹首先落在石川岛上，然后部队紧跟其后，我意识到自己腿脚发软，摄影师点燃雪茄将镜头对准美军部队进行拍摄，这副情景让我惊异不已。

　　但是，我还是喜欢巨大的破坏力，顺从命运的人是那么美丽。麹町的许多大豪宅瞬间消失，只剩下余烬在冒青烟，穿着考究的父女俩坐在河边草地上，两人中间放着一只红色的大箱子，如果旁边没有还在冒着青烟的废墟的话，看起来和郊游没有任何区别。成为废墟仍在冒着青烟的道玄坂上，躺着好像不是被炸死，似乎是被汽车碾压致死的尸体，上面盖着张薄铁皮。路的两边站立着全副武装的士兵，来往的人和受灾人群绵延前进，冷漠地从尸体旁边经过，甚至没有人注意到地上的血迹，即使偶尔有人注意到，就像是看到丢弃的纸屑一样，丝毫不关心。美国人说战后的日本人沮丧和茫然，但是轰炸结束后受灾人群的队伍的表情似乎并不是沮丧和茫然，而是充满着无邪、天真和乖顺的命运之子。还会笑的通常是那些十五六岁的女孩，她们笑得是那么爽朗，在废墟刨挖，将找到的瓷器装入烧坏的水桶，守护着仅剩不多的行李，在路边晒起太阳。是因为这个年龄的女孩怀揣对未来的梦想，所以不为现实所苦吗？还是由于高贵的虚荣心？我期待着在一片灰烬的原野上寻找女孩们的笑容。

  在这巨大的破坏力之下，有命运存在，但是不存在堕落，充满着天真无邪。穿过枪林弹雨侥幸存活的人们，有的围坐在正在燃烧的自家房前烤火，相隔一尺的地方有的人却在拼命灭火，仿佛身处不同的两个社会。伟大的破坏力、令人赞叹的情感、伟大的命运，其令人赞叹的情感，与此相比，战败的表情只是堕落而已。

  但是，与堕落的令人吃惊的平凡及平凡的当然性相比，顺从于巨大破坏力的情感和命运的人间众态之美，让我觉得只是个犹如泡沫般虚幻的影子。

  德川幕府的思想是想通过处决四十七义士来保持他们名节的永恒，但是这只能阻止这四十七个人的堕落。人类不能总有办法阻止得了义士堕落到凡俗甚至地狱，即使制定出"好女不嫁二夫"、"忠臣不事二主"这样的规则，也不能阻止人的堕落。即使是刺死处女保全她们的贞洁，当意识到堕落的脚步声如波涛汹涌般袭来时，就会发现人为作用的微小，人为保全的处女贞洁只不过是如泡沫般虚幻的影子。

特攻队的勇士们和教徒般的寡妇都只是幻影，人类的历史从堕落为黑市商人和寻求新的归宿开始；同样，或许天皇也只是一个幻影，只有成为一介平民后，才能真正开始一段天皇的历史。

鲜活的历史和人类本身一样，都是巨大得令人吃惊，活着是多么的不可思议。没有剖腹自杀的六七十个将军，在法庭上一字排开，这是多么壮观的一幅战后图画。日本战败，武士道精神灭亡，但是，在堕落的真实母体内，一个新的人类正在诞生。生存然后堕落，除了这一合理的顺序，还有其他拯救人类的捷径吗？我不喜欢剖腹自杀。以前，一个老奸巨猾、阴险毒辣，名叫松永弹正的阴谋家，被织田信长逼得穷途末路，誓死顽抗，直到死前一刻他都每天做具有延寿作用的针灸，最后将枪对准面部自杀而尽。他死的时候已经七十多岁了，却是一个能在众人面前和女人打情骂俏的老色鬼。我赞同他的这种死法，不喜欢剖腹自杀。

我虽然战战兢兢，但还是为这种美而痴迷。毋庸置疑，是因为那里只有美的事物，没有人类，也没有小偷。最近的东京到处漆黑一片，战争爆发时没有一丝光亮，但即使是深夜出门也不用担心拦路抢劫；在漆黑的深夜里赶路，不用关门睡觉。战争期间的日本简直是一个理想家园，到处盛开着虚无的花朵，这并不是人间真实的美。如果我们不思考的话，可能不会有比这更让人欢悦壮观的滑稽剧了；即使炸弹让我们恐惧异常，只要不去思考，人就能保持乐观潇洒，只要迷恋于其中就行了。我真是愚蠢，竟天真地将战争视为儿戏。

战争结束后，我们得到了各种自由，但是同时也许又感到了莫名的限制和不自由。人类不可能获得永远的自由，因为人活着，然后必然会死去，还有就是人会思考。政治上的改革可以一日完成，但是人不会轻易发生变化。人性在遥远的希腊被发现并迈出第一步之后，时至今日，又发生了多少变化呢？

不管战争具有多么大的破坏力，人类是无法轻易被改变的。战争结束后，特攻队的勇士难道不是全都成为黑市商人，寡妇们不是心生新的情愫吗？不是人类变了，只是一种回归。人类会堕落，义士和寡妇都不例外，我们阻止不了，也无法通过阻止来拯救人类。人类生衍并且堕落，除此之外没有任何其他拯救人类的中间道路。

不是因为战败而堕落，是因为是"人"才会堕落；正因为活着才会堕落，仅此而已。但是人不会永远堕落吧，因为面对苦难，人的心不会像钢铁般那么坚强，人是可怜脆弱的，所以也是愚蠢的，脆弱得不能堕落到底。结果不得不刺死处女，创造出武士道和天皇制，但是刺死的不是别人而是自己。为了创造出武士道和天皇制，人有必要选择正确的道路堕落。也许就像人一样，日本也应该堕落，必须通过彻底的堕落来发现自我和挽救自我，想通过政治实现救赎，太愚蠢肤浅。

堕落论·续

続堕落論

続堕落論

都说战败后的民众道义颓废，都希望能恢复到战前的"健全"水平，但是我并不这么认为。

我的家乡新潟市是个石油之乡，有许多石油暴发户。我记得在我小学的时候，多次听校长训话时这样说过：有个叫中野贯一的暴发户家财万贯，但是仍十分节俭，觉得在停车场坐人力车价格贵，于是走到一座名为万代桥的桥边去坐便宜的车。前些天，听老家来的人说，现在这个轶闻的主角已经换成了一个姓新津的新生石油暴发户了，节俭已经成为新潟市民的日常规诫和生活规范。

百万富翁将五十钱的车费还价到三十钱就是美德吗？难道是生活让其成为我们的日常模范吗？它本身不是一个问题，关键在于其背后隐藏的心态和生活方式。

战争期间，我曾在日本电影公司做过临时工。那时有一个爱大发威风的报业理事爱谈论风生，他认为吉川英治和佐藤红绿是日本的伟大文学家。在一次会议上他提议拍一部农民题材的电影，描述辛苦劳作、双手布满老趼、衣服满是补丁的年迈农民形象，反映出祖辈相传的吃苦耐劳的精神。他认为日本的文化应该是农村文化，就是农村文化在向城市文化过渡过程中才产生了今天日本堕落的悲剧。

我记得他这番话引起了在场人的极大反响。专务（实际上是社长）大为折服，回过头来问我是不是可以写一部剧本，我好不容易才婉言谢绝，这件事可能并不是战争时期的一场噩梦。战争期间很多人都叫嚣恢复农村文化，恢复农村精神，这一思想流行一时，也是日本的大众精神。

说到农村文化，原本有所谓的农村文化存在吗？也许是盂兰盆会舞、祭祀风俗、吃苦耐劳精神、储蓄精神吧。但是文化的本质是进步的，农村文化却没有丝毫的进步，排他精神、猜测怀疑以及锱铢必较、变本加厉，一直以来不经任何反省。人们爱用"淳朴"这个奇怪的字眼来形容农村，但是农村从一开始就没有这样的特征。

大化改新以来，所谓的农村精神就是对逃税的不屈不挠，为了逃税变成流浪者或篡改户籍，农民个体们为了逃税作出的殊死搏斗其实反映了日本经济的转型；此后庄园兴盛衰落、贵族灭亡、武士兴起。因为农民们与征税抗争，以及不屈不挠的逃税行为，日本的政治动荡，日本的历史随之更改。"他人不可信"是朝廷时期的农村精神，事实上当时强盗横行，家臣们都善于自救，对他人不信任和排他精神就是农村精神之魂。他们做事被动，不会也不能表明自己的想法，并且善于巧妙地处理强加于他们身上的事情，这种被动式的狡猾孜孜不倦地震荡着日本的历史。

即使是现在的日本农村仍和奈良时期一样，在农村里常会发生一些类似于背叛亲友的民事纠纷，一点点扩大田埂边境侵犯邻居利益，不打借条借了亲友的田地不归还。锱铢必较就是他们生活的根本。从农村精神上看不出对更高精神的渴望、自我反省和发现，没有新发现就不可能产生真实的文化，没有自我反省的地方怎么会有文化的产生呢？

说吃苦耐劳是农村的美德，忍受艰苦又怎么能算是美德呢？需要是发明之母，不能忍受艰苦就无法忍受不便，在有需要追求的地方才会有发明、文化和进步的产生。日本军队就善于忍受艰苦，渴望不到方便的军事器械，他们对肉体的残酷驱使被讴歌赞颂；兵器不够先进，根本上缺乏作战基础，所以才会输得如此惨烈。难道仅仅只是军队的问题吗？日本的精神就是忍受艰苦的精神，不求变化进步，对过去憧憬赞美，偶尔出现的进步精神也被这种忍受艰苦的反动精神击退，最后还是倒退到从前。

只要一按开关，就可以自行转动解决的事情，但是在农村要辛苦劳作一天，却认为这是汗水的结晶，并为此充满劳动的喜悦，真是愚蠢可笑。整个日本以及日本的根底就和这一样的荒唐可笑。

当今的国会议员们仍然愚蠢地认为天皇制是对皇室的尊敬，为此喧闹一时。天皇制虽然是自古就有的一个制度，但是天皇的尊严向来就被用来作为道具，从来就没有实际存在过。

藤原氏和将军是出于什么目的让天皇制存在呢？为何他们不掌握最高主权？因为他们明白：天皇比他们更适合掌握主权，由天皇来代替自己向天下发号施令，并且自己作为表率服从号令，然后就可以使号令得以通行。这些号令并不是出于天皇自己的意志，实际上是他们借天皇的名义来颁布，并做出服从天皇的表率给全国人民看，以此来推行自己的号令。

人不可能自称为神，要求人们绝对崇拜。但是通过自己对天皇的叩拜，将天皇神化，就有可能使人民臣服。所以他们自行拥立天皇，在天皇面前俯首称臣，并强求人民拥戴天皇。

这并不仅仅是遥远历史中的藤原氏、武士家族的故事，大家看看，这场战争又何尝不是这样，实际上天皇并不知情，只是出于军人的意志。据说"满洲"事变，狼烟四起，华北息战，甚至连总理大臣都不知情，都是军部的独断专行。这些军人对天皇熟视无睹，一边从根本上亵渎天皇，一边又盲目地崇拜天皇，真是荒谬！这就是贯穿日本历史的天皇制的真正面目，也是日本史的本质。

从很早的藤原氏开始，最亵渎天皇的人就是那些最崇拜天皇的人。他们从骨子里盲目崇拜天皇，同时又对天皇随意摆布，将天皇看成是身边可以方便利用的工具，任意亵渎；即使是现在，国会议员们仍叫嚷着要尊重天皇的威严，民众大多对此也表示支持。

去年八月十五日，天皇下诏结束战争，人们都说是天皇救了大众。但是据日本历史考证，天皇就是日本历史研究出来应对这种紧急情况的一个独创、策略和绝招。军部出于本能知道使用这一绝招，而我们民众大众也从本能上期待这一绝招，就这样演出了八月十五日军部日本人合作的最后一出戏。

号召大家忍受难忍之痛，服从天皇的命令，虽然心中不服，但因为是天皇的命令，还是忍痛服输，其实这全是弥天大谎！

难道民众大众不渴望结束战争吗？难道他们不厌恶手执竹矛与坦克的对抗和命如泥土般被践踏吗？他们深切渴望着战争结束，却不敢说。说什么大义名分、天皇的命令和忍受难忍之痛，这是何等的精心设计，这难道不是具有历史性的悲惨可怜的欺骗吗？如果没有天皇的停战命令，只能以羸弱之躯去抵挡坦克，不心甘情愿地英勇献身。就像最亵渎天皇的人就是那些最崇拜天皇的人一样，我们民众其实并不那么崇拜天皇，只是对天皇被利用已经习以为常，对于其中的奸诈和大义名分这一幌子没有醒悟。讴歌着天皇的尊严带来的益处，这是何等的精心设计和奸诈，我们被它迷惑，失去了人和人性的本来真实面目。

什么才是人和人性的本来真实面目呢？简要地说就是表达自己的真实想法，想要的东西就要，喜欢就说喜欢；去除大义名分、对不义的禁止、情面等虚伪的外衣，袒露真心，追求本真的面目才是人间复活的第一条件，才会有真实的自我以及人性的诞生。

我要向大家大声呼喊：日本人以及日本本身必须堕落！

只要天皇制存在，历史性的精心策划就会一直留存在日本观念中，日本就不可能盛开真实的人类和人性之花。人类的真实之光将永远被封闭，日本也许不会有人间的真正幸福和苦恼等人类所有的真实。我呼喊着日本要堕落下去，实际上意思是相反的，现在的日本以及日本式的思考方式正在沉沦，我们必须遗弃延续至今的封建"健全道义"，回归真实赤裸的大地，并通过这种遗弃，回归到真实的人间。

必须撕去天皇制、武士道、忍受艰苦、锱铢必较等"美德"的伪善外衣，回归真实的人性，重新起航。否则，不是又倒退到昔日欺诈的时代了吗？抛开各种禁忌，坦然倾听自己真实的内心。寡妇也可以恋爱，退伍军人也可以当黑市商人。虽然堕落本身是件坏事，但是不作出牺牲就不可能抓住真实；表面的华丽难以成为寻求真实的代价，必须赌上性命，用悲鸣来换取真实，应该义无反顾地面对堕落，让道义颓废混乱无章吧！流血，浑身沾满毒物吧！必须先越过地狱之门才能登上天堂，让四肢的指甲沾满鲜血，再层层剥落，最后一步一步向天堂靠近，除此之外，别无其他道路可走。

虽说堕落本身没有任何价值，不是件好事，但是堕落的性格之一就是孤独这一伟大真实的人性。也就是说堕落通常是孤独的，被所有人抛弃，包括自己的父母，走投无路时只有依靠自己。

善人们活得轻松自在，享受着父母兄弟、人类虚无的情理规则，对社会制度绝对服从，然后安然离开人世。但是堕落者却全然不一样，只是孤身一人行走在旷野里。不道德虽然没有价值，但是孤独就是通往神的道路，善人尚能往生，何况恶人哉。孤独行进在旷野上的基督教信徒拜倒在淫妇面前，唯有此条道路才能通往天堂。即便是往往无数堕落者无法到达天堂，孤身在地狱徘徊，并不能改变它是通往天堂之路的事实。

人类的真相竟然如此可悲，真是可悲啊！这一真相永远不会因为社会制度和政治得到挽救。

有位名叫尾崎咢堂的政治之神，战争结束之后开始倡导世界联邦论。据他说原始人类的对立来自于部落之间，明治以前的日本尚未有"日本"这一观念，对立来自于藩与藩之间，所以并不能称做是日本人，而应称做藩人，打破藩之间的对立意识之后，才诞生了日本人。现在的日本人是日本国人，对立来自于国与国之间，但是就像明治时期的非藩人一样，有必要成为非国人，打破民族意识成为国际人。大赞"非民众"是一个充满荣耀的用词，这就是他的世界联邦论的根本内容。他还认为，将日本人、美国人和中国人区分开来是受原始思想残留的蛊惑；成为世界人，消除国籍差别才是正确选择。这个观点似乎有一定道理，但是信口开河地称日本人血统不应该被极其重视，让人觉得有些阴森可怕。我没记错的话，他的夫人应该是个英国人，还有个日本妻子和一个日本女儿。

我还是要质问咢堂，他所说的原始人部落与部落间、藩与藩间、国与国间的对立源自于文化水平低，果真是这样吗？他忘了"人"这一重要因素。

对立感情是文化水平低的缘故，但是即使没有民族之间的对立，人与人之间的对立也永远不可能消失，随着文化的进步，这种对立反而显得更加激烈。

原始人的生活里没有家庭这种形式，多夫多妻制，没有什么嫉妒，个体之间的对立极其淡薄。随着文化的进步，出现了家庭这一形式，个体之间的对立不断激化、尖锐起来。

忘记了人与人之间最基本、最深刻的对立关系，提倡世界联邦论，谈论人的幸福，这难道不是一种巫术吗？忘记了家庭对立和个人对立来探讨人类幸福，真是愚蠢至极，政治的本来面目就是如此。

政治和社会制度如同一张网眼太大的网，网上永远不会网住"人"这条鱼。即使打破精心策划的天皇制，制定新的社会制度，最终仍逃不过面临更高级的精心策划的命运。人类往往从网上挣脱，并堕落，然后报复社会制度。

原本我也非常赞同世界联邦论，就像咢堂说的那样，没有值得保护的日本人血统，但是如果是那样的话，人类可能幸福吗？在那样的世界并不会产生人类幸福和真实的人的生活。日本人不是不可能变成世界人，实际上并不难，但是人类间的对立和个体之间的对立永远不可能消失；所谓人类真实的生活往往就是存在于这种个体间的对立当中，不管这种生活与世界联邦论、共产主义论有多么不同，都无法逃避。但是，通过个体生活吐露出心声就是所谓的文学，文学常常是反社会、反政治的，对人类制度进行报复；但是通过这种反叛和复仇，其实在帮助政治，反叛本身就是一种协作、一种爱，这是文学的宿命，文学和政治之间永恒不变的关系。

人的一生是脆弱的，但人又是乐天向上、前后矛盾、难以理解、冒冒失失的。在战争期间，半数以上东京人的住房被烧毁，很多人风餐露宿，埋怨流离失所。但是也有不少人对那种生活怀有一种微妙的安心和惜别之情，在流离失所、被轰炸吓得瑟瑟发抖的同时，又是享受这种生活的乐观主义者。我的住处附近有个老板娘在井边和人聊天时，吐露出没有轰炸日子的无聊，被大家笑话。我觉得这的确也是实话，虽说处于黑暗中的女性是社会制度的缺陷，也许她们中很多人都觉得战争比起被征用、从事辛苦的体力劳动来要有意思得多，强制女性穿上制服工作，根本无法断言这是一种健全的生活。

面对生生不息，人类无限的未来，我们的一生就如同露珠般短暂，不知深浅地对未来约定永恒不变的制度和亘古不变的幸福真是荒谬至极，这对无限永恒的时间和人类的进化难道不是一种可怕的亵渎吗？我们能做的只是一点点去改善，人间的堕落其实非常有限，人没有彻底堕落的坚定意志；精心策划的政治或者其他会阻止堕落，在政治的反复重建改造过程中，人类才会不断进步。堕落是新制度产生的母体，对于这一痛苦的真相，我们必须清醒地认识。

青春論

一、我的青春

　　我的青春在不知不觉中悄然流逝。我无法区分哪段时光是我的青春时代，如果说鲁莽无知是青春的标志的话，那可以说现在的我仍处于青春时代，恐怕即便是到了七十岁也是一样的吧。这种反省绝不是件令人欣慰的事，说得果断些，文学就应该永葆青春。回首想来，文学就像念佛一样不能抹去我的无知，活了三十七年竟然对自己的青春时光如此模糊，真是可悲啊！如果活了七十年还是不能准确划分出青春时代，可能会令人绝望吧！我有时也会想：划出一个时间段来吧！但是该怎么划分呢？此时我又会变得手足无措。可能所有人都会这样认为："结婚"就是一个分水岭。我对婚姻绝无特殊想法，也不固守己见，对婚姻顺其自然。但是它能否作为我一生的一个节点呢？我觉得不能，即使可以，我也不认为我的生活会由此变得有什么不同。我的无知与婚姻没有任何关系，哪怕结婚生子活到七十岁，也无法划分出我的青春属于我一生中的哪个区间段，这真是无药可救啊！我不禁感到恐惧。

　　有一句话说得好：青春只有一次。要永葆青春是那么令人痛苦、疲累，与其他种类的疲累不同，这种疲累是无法消散的，就像被逼进了死胡同般，令人绝望。世阿弥被流亡到佐渡国期间曾创作过一首谣曲——《桧垣》，细节记不太清了，只记得大致内容。有一个名为桧垣寺的寺庙（熟知这首谣曲的读者可以不看这部分内容，说不定会认为我在胡说八道），每天早上都会有一个老妪来给佛坛供水，并且总是一个人。她带来的水口感很好，不是人间普通的水，于是寺庙方丈问她从哪里来？老妪说道："我给您念一首和歌，您能听懂吗？"不巧方丈不记得这首和歌，这首和歌以"取水"为枕词①，方丈不明白这个枕词的意思，它在这首和歌中的意思相当重要，但这不是本故事的中心，这里就不赘述了。方丈觉得很不可思议，就问枕词是什么意思，老妪回答说，如果想知道意思，就请到河边（具体名字忘记了）去一趟，自己就住在那里，到时再告诉他，然后老妪离开了寺庙。第二天（不能肯定，传说中的明日也可能是十年后）方丈去河边拜访老妪，但是那里只有一间荒凉、废弃的茅屋，不见人的身影，这时传来老妪可怕的声音：

　　"好的！现在我来告诉您我的往事吧！"

---

　　①一种日语修辞法。多用于和歌等韵文，与主题无关，冠于某词之前起导入作用的固定表达。

她说以前自己供职于宫中，度过了自己愉快的青春时光，昨天那首和歌是她自己所创，记载于《新古今集》上。随着年龄增大，年轻美貌的面容逐渐变丑，让自己痛苦不堪，最终苦闷而终。但是死后并未能进入极乐世界，至今仍迷恋人间；让方丈来，也是因为想得到方丈的施德并得以开悟。于是，方丈让她现形以便给她施德，老妪犹豫了一下说道：让您看看我可怜凄惨的丑态吧。于是出现了一个痴迷的女鬼。方丈开始给她施德，在这个过程中，老妪沉醉在追忆自己的青春和往昔的花容月貌的幻想中，最后成佛。

　　被流放于北海的孤岛，却能创作出这么美的故事，我不得不佩服这个名叫世阿弥的天才。我把这个故事告诉给每个朋友，其中最激动的就属宇野千代，之后他摇身变成了一个谣曲迷，常常去观赏能乐。我只是将其作为文学作品来欣赏，而不会作为舞台剧来欣赏，所以总是被他取笑。任何女人都怕容颜衰老，这点是男人无法比及的。宇野千代吃惊的样子让我尤其记忆深刻，他也年纪不小了，也许能理解那个女鬼的懊恼心境；但是我却不一样，我倒挺羡慕女人，这种羡慕绝不是由于我的自满骄傲。

　　女人有许多秘密，面对同样的生活，男人对秘密会毫无觉察，而女人会发现各种微妙细小的秘密。宇野的小说与其说是私小说，还不如说大多数讲述的是男孩、女选手、老音乐夫人等微妙的华美之作。我喜欢充满神秘、正确剖析人物内心那如宝石般璀璨夺目的美感，但是我创作不出这样的作品，即使挖空我的脑袋，我也万万做不到。就像宇野说的那样，我没有这种心境，我的生活也并不是遵循那样的轨迹，在这里我的主要目的也不是论述文学论。

对于在生活中意识到各种微妙内心变化和秘密的女人来说，我感觉每个小时对她们来说都是那么重要；身体的某个小部位，哪怕是一根头发和眉毛，对她们而言都能感觉到生命的存在。对于容颜衰老的悲哀，同样在男人看来，有着极大的差距。宇野的小说中的一封信里有这么一句话："您明白女人独守空床的寂寞吗？"我能想象珍惜每个小时的女人对于"孤独"是何等痛恨。

与这些女人比起来，可以说我的每日生活空无内容，感受不到每个小时的可贵，自由散漫、缺乏生机。别说是一根头发，就算是失去一根手指或一只胳膊，虽然会感觉外观不美观，但是对于这个失去了的"小生命"不会有任何感触。

所以对于女人而言，她们对逝去的时间深有感触，花儿盛开时的绚烂与凋零时的凄惨之间的差距是如此恐怖，本能对此具有一种特异性的思考。事实上，同样是老年人，女子比男子似乎更难被救活。女人的思考是附着于肉体的，肉体没有了的话，就等于万事皆空。女人的青春是美丽的，盛开期更是美得夺目；女人的一生都化成秘密隐藏于其中。所以这样看来，女人似乎更具有动物性。实际上，女人具有一种对于在人生丛林中遭遇到的迷路、敌人或清泉，所给予的美化能力远远超越男人的想象。如果去除理智，只要女人的思考是发自肉体的，女人的世界就是一片荒芜。女人失去贞操的时候也就等于失去了祖国，所以，肉体是绝对的，青春也是绝对的。

　　说到男女，我的舌头就变得不好使，脑子糊涂，所以这个话题就到这里告一段落，我还是只谈谈我个人吧！给刚才的话题下个结论就是：对于自身来说，女人比男人更在乎时间的流逝，想法常常以自我为中心，从这点来看，我觉得女人比男人更像是在生活。在前面讲到的《桧垣》这个故事里，如果是将主人公换成男人光源氏，讲述其因容颜衰老而变成幽灵的话，就太不可思议了！光源氏变成幽灵不是不可能，只是男人与老龄的逻辑根本就无法联系起来。故事梗概如果换成：有个老头，因为悲叹自己的容颜衰老，灵魂依然停留于人世而无法成佛，这给读者的效果完全不同，就变成一则喜剧了。女人的生活圈子虽然小，但是她们努力地生活着。

　　听说三好达治这样评论我："坂口外表看起来像幢威严庄重的建筑，但是走进去一看，连榻榻米都没有。"这是最近有名的一段评论，我也不禁发笑，就像空荡荡的寺庙正殿里，却连一张草席都没有。时间悄然流逝，这样虚度一生中空虚乏味的每一天，即使穿着鞋进出，也不会有所怨言；因为没有区域划分，没有告知要脱鞋的指示牌。

　　或许即使到了七十岁，我的青春依旧存在吧，我在生活中从未感叹过容颜衰老；对于我而言，青春绝非美丽，也不特别。那么青春是何物呢？所谓青春，就是让我生存下去的力量，让无知的我的生命之火不熄灭的力量，只要是支撑我生命的东西都是我的青春对象，这就是我的青春。

由于我的无知，我对生存方式只有一个非常普通的信条——"不许后悔"。并不是说自己了不起，所以不后悔，而是因为自己愚蠢，即使后悔也无济于事，所以不许后悔，这只是一个愚者祈求般的热情而已。牧野信一住在鱼篮坡的时候，书斋里贴有一张菊池宽手写的字条——"对自己做的事无须后悔"。据说这句话原本出自宫本武藏之口，口气如此之大，看来宫本武藏和我的"后悔"，意思大相径庭。《叶隐论语》上说："不管是多么恶劣的事情，只要是自己做的，就会冠以美名，蒙骗众人。"我不想如此庄严地坚持自我主义，我们应当考虑他人，常常反省感叹自己的弱点；看到这种叶隐论语派的高人，我不禁想与他们争辩一番。

我所说的"不后悔"是指只要自己尽最大的努力去做，最后哪怕落魄而死或下地狱也不后悔，含有断念死心之意。宫本武藏的不后悔是指"对己"，也就是说对"事情"本身含有一个明确的态度，所以我们两者之间有着明确的差异。宫本武藏设计出"对自己做的事无须后悔"这么一句话来，那么他平常是后悔到何种程度呢？这句话里的话外之音让武藏的"后悔"听起来像咒语一样。

我绝不是在夸耀我的无知，那是我生命燃烧、依存的地方，所以我会对它依依不舍。我的青春没有"失去的美"，只有"永不消失的无知"，但即使是这样，我还是要讲述我的青春，我的青春论同时也是沦落论，看了下面的内容大家就会懂了！

二、关于沦落

日本人的官僚劣根性很强,一旦拥有了权力,就会立即摆起架子,耍起威风来。对于这点,去了最近的蔬菜水果店、鱼店就会体会到,这点得到了大家的一致认同;和他们不一样,我在其他场合有过这种感受。

电车里上来了带着孩子的家长或搀扶着老太的年轻人,有人给他们让座;不久后他们旁边有了个空位,尽管刚才给自己让座的人就站在旁边,却让自己的同伴坐了上去。这种事情经常能看到,很少有人会让刚才给自己让座的人去坐。

也就是说,他们利用给予孩子和老人的同情,占有不正当的利益;这种人当上官僚的话,官僚劣根性就会展露无余,利用权力牟取私利。

我有个怪毛病,电车里上来了颤巍巍的老人的话,我会马上想让座;但是让了座的话,又不愿看到官僚劣根性的人而导致心情变差，不让座的话心里又不舒服。所以为了和这些官僚劣根性的人划清界限，只要电车里不是空荡荡，我就不坐位子；虽然很累，只要不粘连那些讨厌的人，对我来说就是一件幸事。

去年快到新年的时候，我在涉谷下了电车，乘上巴士，巴士里异常拥挤，我被挤得喘息不止。我旁边站了一个穿校服的十来岁的小学男生，在他前面有了个空位，我让他去坐，他只是行礼表示了谢谢，并不去坐。后来面前又有了空位，少年还是在拥挤的车厢内被挤来挤去，不去坐。

我被这个少年的良好教养深深打动，少年坚决严守自己的信条，与宫本武藏比起来，毫不逊色。并不是所有学校的孩子都能做到这点，至少让我看到了教养好的孩子。

好的教养与出身家庭显赫的地位和财富并无多大关系；但是，当对于出身家庭显赫的地位和财富荣耀感等方面没有顾虑和担忧时，尽管是普通凡人，却能保持如此坚决的态度，我认为这不是一件容易的事情。

即使是出身于名门望族的孩子与生俱来就有良好的教养，具有荣耀感的成人世界和儿童世界也不可能总是会做得这么坚决。而且成人世界的贵族脾性，仅仅只是悠闲的态度和坚决的外表，外表和精神并不一致，真正的贵族精神只存在于个体当中。教养好的人只是与人一般性接触的话，懂得礼节规矩，但是在有利害关系的场合，会不会牺牲自己，心甘情愿给人让位呢？可以说反而会容易伤害别人，并且内心没有丝毫悔意吧。

或许在成人世界，如果没有在生活中培养具备牺牲、互让和体贴的礼仪的话，那将是个沉沦的世界。在沉沦的世界里，人人都懂得伤害他人是种罪恶，怜悯同情贫穷；知道话语和实际的挽救方法，并付诸行动；不背叛别人的信赖，用仁义来自律自己的行为。

但是，他们的正义主要是针对与他们地位相当的人，一旦走出这个世界，接触到不属于这个沦落世界的人的时候，他们就未必会遵守仁义。因为大多数沦落的人都有道德沦落的倾向，有些还是恶党，为了保护自己，去保护与自己身份地位相同的人，维护他们的秩序，对外部则并不认为有维护秩序的必要。他们的这种秩序和一般家庭秩序并不相同，所以即使并不是刻意的，做出来的事情也会有很大出入。

虽说懒惰的恶习一旦沾染上就难以去除，但是在沦落的世界里，如果可以将独立不羁的灵魂给抹杀掉的话，就没有比这更美好更容易沉沦的地方了，这个地方就是南方群岛。在那里不需要蔽体的衣物和容身的住处，也不缺野生食物，所以我强烈诅咒和憎恨沦落的社会。如果没有独立不羁的灵魂的话，我们只剩下如同垃圾般的肉体。所以，我绝不希望我的灵魂在那里安身，但是我的灵魂为何又认为这个世界是其得以休憩的故乡呢？

今年夏天我回了一趟新潟，相隔二十年后又看到了白山的祭祀仪式，虽然不如以前热闹，但是多了一个松下马戏团的节目。我最喜欢马戏团的空中飞人这个节目，但是松下马戏团似乎没有招收有名的艺人，除了领队都是些小孩，技术不够精湛，一半人都没做成功就摔了下来。后来看了一个叫柴田马戏团的表演，除了一个小丑外，都做得很成功，乍一看，似乎正中间的秋千最重要，但实际上两侧位置需要技术最娴熟的人来做，此人掌控着动作的开始。柴田马戏团中间位置是个女的，两侧是两个老练的人，所以动作完成得非常流畅。松下马戏团则中间是个年纪大有经验的人，两侧则都是孩子，没有人指挥，都是些少男少女，摔下来又爬上去，不做成功誓不罢休。看着他们瞪着大大的眼睛、全力以赴的那副架势，我不禁流下了眼泪。除了年纪大的那个动作娴熟外，还有一个十九岁左右的少年，一开始我觉得这个少年有些猥琐让人生厌；但是在最后一个难动作摔了下来后，他咬紧牙关，瞪大眼睛，重新绑好绳子，再次爬上绳索时，我对他之前的厌恶感顿时消散。他那种誓死力争的气魄，让我肃然起敬，我被这种美所感动。

　　真杉静枝曾邀请我去东京帝国剧院看过一场歌舞表演，比起歌舞表演中的女演员来，当中出现的男舞蹈演员显得愚蠢无比。连我自己都觉得自己也是那么低能愚蠢，于是小声骂了一句，真杉小声问我为何会有这样的想法？我不禁认同了自己刚才的想法：男人会觉得那很愚蠢，女人则完全是另外一种想法。

　　但是，我也看到过唯一的一个例外。

记不清是昭和十二年还是十三年，那年在京都，夏天很热，所以我每天花十钱去电影院看电影，然后在休息室看一天的书。电影院临近滑冰场所以非常凉快。那段时间我对工作丧失信心，几次都有死的念头。我常去新京极一个名叫"红风车"的喜剧歌舞剧团，但是根本谈不上欣赏，了无生趣，这个地方并不是我所指的例外。

有一个比京都"红风车"表演更精湛的活动表演棚，有时会加演表演节目。由于是表演棚，地方不大，歌舞表演也不是那么阵容庞大。除了七八个女演员外，只有一个男演员，但就是这个男演员颠覆了我之前对男演员的看法。这个男演员一登场，其他的女演员都显得非常不起眼儿。我想起了敲着木鱼念经的情景，但是堂堂大男人的威风充斥着整个舞台，男演员的形象得以凸显出来，女演员在这个男演员的周围像蝴蝶一样安心自在地翩翩起舞，让人看了觉得很开心。我没有想到竟然会从这个男演员身上看到威信。

随着时间流逝，这种印象会不断增强，对这个男演员的印象逐渐变得高大起来，并鄙视其他歌舞团的男演员。我想那么厉害的艺人应该会到浅草来表演，所以想再看一次他的表演，不巧没有记住他的名字；所以每次去浅草和新宿看表演时，就会留意一下，可是一直没能碰上。

今年春天，在浅草的染太郎家和淀桥太郎聊过天，染太郎是开杂样煎饼店的，和那些专门招揽艺伎的烟花酒绿的店不同，它主要接待酒客；除了不太有炸牛肉和炸虾外，蛋包饭、牛排、鱼、蔬菜等，应有尽有。最近，《现代文学》的文学友人一般都在这里聚会，其他歌舞表演团的相关人士也会每晚来喝酒，所以经常和淀桥太郎见面后，有一天就聊到了京都"红风车"喜剧歌舞剧团。我估计对方也不太清楚，便随口问了问是不是认识移动表演棚里的那个男演员，让我意外的是：他稍微犹豫了一会儿，然后很肯定地说出了那个男演员的小名——太郎，正名是森信。他说当时在京都移动表演棚里表演的除了森信，没有其他男演员，表演棚的演出场所和人数都是固定的，所以绝不会有错。团里有些人都叫他的小名——森信，他的艺名可能是——森川信。这些人全年到处表演，但是几年前在京都的一场表演竟会被记得这么清楚，我都有些激动得不知所措。

比起梅若万三郎、菊五郎的表演来，我更喜欢杂技和歌舞表演，就像比起吃美味菜肴来，我更喜欢喝酒。但是我不喜欢酒的味道，除非喝醉了不知酒味，否则我会一直屏住呼吸强忍着喝下去。

人们常说艺术就是魔法，我却有不同意见。当一个年轻人坐在你面前时，你会觉得他很猥琐、不愿正眼多看，甚至想揍他一顿；但是当他登上杂技的秋千上时，你会被他那副威风凛然的气魄打动，他似乎完全变成了另外一个人。我不愿看到柔弱愚蠢的男演员的舞台表演，像以森川信这种堂堂男子汉为中心、在周围女演员的簇拥下同台表演，即便是女演员们表演得很差劲、没有美感也无妨碍，依然让我陶醉充满愉悦。这也是一种奇迹，但不是艺术的奇迹，而是一种与现实紧密相连的奇迹，肉体的奇迹。酒对于我来说，也是一个奇迹。

我喜欢下棋，不喜欢赌博，还憎恨鄙视赌徒。输赢大多都是要凭天运，所以色子和轮盘才是真正的赌博。像围棋这种需要思考的娱乐，胜败本身就很有趣味，并不是金钱上的输赢。如果能凭运气获得意外之财，可能的确会让人很开心，但是需要长时间思考的围棋也可以赌钱的话，就会显露出人的丑陋肮脏下流并相互找碴儿，所以无法区分胜负，也不想去取胜。所以我认为：依靠理性化的东西来赌博的人是品行最为恶劣的坏人。

虽说赌场的转盘没有丝毫理性，但却是真实的，它是一种具有现实感的奇迹。人并不是在赌钱，有的人将沮丧或幸福、绝望或觉悟、生和死都交给了天运，孤注一掷。在赌博的世界里，除了遭到审判的自己之外，没有任何牺牲者和被害者。没有任何一个战场比理智的暴风雨更适合死亡和自我审判。

我说过我的青春是沦落的青春，用一句话来说就是：在现实中寻找奇迹，这个世界和家庭永远不相容，或许还有毁灭。呜呼！除了毁灭还剩下什么呢？即使剩下什么，也不会是让人心满意足的东西。

今年春天，深爱妻子的平野谦看着我笑着说："听说敢死队的人都是独身，有家室的人是不允许参加的。"我觉得这是他的失言，因为在写作时，他总是深思熟虑之后再下断言的。这样看来，妻子倒变成了一个特别的魔女，会给自己带来好处。女人和恋人又会怎样呢？且不说妻子，有情男子如果没有女人的话，该如何活下去呢？

但是，我又觉得这不是他的失言。在现实中有如此简单奇怪的真理，并不是妻子或家庭本身有这样的魔力，而是对妻子和家庭有这种想法的事实里面，存在着这种想法也是一种真理的现实力量。有这种想法存在，然后按这种想法去思考，然后就被定格下来，这就是真理的形成因素之一。

实际上，在我国对已婚和独身有着明确的区分，这并不是时事变化多端造成的，而是一种具有民族性的独特观点；认为独身者不能算作安身立命，从男女共存的生活形态来说，的确如此。但是像平野谦一样，认为思想和人生观似乎是两个完全不同的事物；像平野谦这种观点与众不同的思想家，会认为这是一个理所当然、不容置辩的观点。

我并不想否定这种观点，只是觉得这是一种具有极其独特民众性的观点。实际上，大家试想一下，这种带有民族性、与肉体紧密相连的观点还能谈得上是不是真理吗？实际上我们周围的人们都是以这样的想法生活着，并催生出这样的现实。我已经不想争辩，如果我能预想出自己也能在"家"中身心得以休憩，那该是多么幸福啊！所以芥川龙之介好像是在《河童》这篇著作里有一句话——隔壁太太做的炸肉饼看上去那么的清爽，对此我也有同感。

但即使妻子做的炸肉饼再好，也无法医治好人性的孤独，虽说世界上没有比孤独更可憎的恶魔，但很少会那么绝对和严肃。我极力诅咒孤独，因为对于它的诅咒太过于强烈，所以除了孤独之外，没有什么能挽救和安慰我。这种孤独岂止独身者才有，在有灵魂的地方，唯有孤独总是相随。

懂得灵魂孤独的人是不是就是幸福的呢？《圣经》中有没有记载呢？说不定有记载，但是我认为不懂灵魂孤独的人是幸福的。满足地吃着妻子做的炸肉饼，然后安详离开人世的人是幸福的。今年夏天，回了趟新潟，和几个侄儿亲如朋友在一起。当他们央求着要看我的小说时，我为难了。我写书是希望对人有所帮助，但是我的书只是那些有心病的人的安眠药，对没有心病的人来说，就是毒药。我祈祷着一个平凡渺小的幸福：我的侄儿们能在我的书的催眠作用下，幸福走完一生。

几年前，有个侄女二十岁就离开了人世。这个姑娘八岁时患了结核性关节炎，冬天还好，到了夏天病情就恶化，天气一变暖，就来东京，到我家养病。一个月要去一次医院换绷带，每到那时，家里就会充满了脓臭味，令人作呕，听说伤口在下腹部到大腿一带，生了十来个洞。

八岁就开始卧病不起，没有得到很好的发育；十九岁时身体和精神只相当于十三四岁，不懂感情，不懂佳肴美味，没有喜怒哀乐。亲人来探望也不微笑，也不会道别；久别重逢或别离时，只是通过抬头看看对方打个招呼，因为她不想说空虚无力的招呼语。并且对方即使很久都没有来看望自己，她也不会显露出不满。因为她的母亲要照顾一个很小的孩子，所以很少来东京看望她。即使她母亲来，她也不笑，也不表示欢迎，也不道别，也不悲伤，也不会偶尔发脾气。但是，有一次，她母亲走后的那个傍晚，吃饭时她突然说道："现在可能到家了吧。"她还是有想法的，每天看《少女之友》《少女俱乐部》这样的杂志，否则就坐在那儿发呆。偶尔身体状况好的时候，会让我带她去东宝剧场看少女歌剧。没有人唆使的话，她是不会有这种兴致的。碰巧那时另外一个侄女也住在我家，这个姑娘治好肺病之后，一边上学一边沉醉在少女歌剧里，她拿出少女歌剧的杂志、明星照来引诱她，所以她也有了想看的念头。看过歌剧之后，也没有感想，和往常一样没有表情没有语言。得过肺病的这个侄女蹲下来对她说："你笑一笑啊！哪怕笑一下也行，看我怎么逗你笑出来。"她厌烦地晃动脑袋，或者偶尔被激怒之后，两人聊天，但只是三言两语，接着继续保持沉默，不答理任何人。得肺病的这个侄女性格阳光开朗、无忧无虑，但是不知为何，二十一岁那年在东北家乡投河自杀。得知这个消息，她也没有丝毫震惊，也不说话，一问三不知。

在那之后，我读了《仰卧漫录》，据说子规得的病和这个侄女一样，连部位也一样，也是在腹部。在他那个年代还没有石膏，得每天换绷带，换的时候痛得"又哭又叫"，我这个侄女有时也会表现出很痛苦，但从没有哭过。

子规在明治三十五年三月十日的日记中这样写道："今天第一次看到肚子上的洞，心情难过地哭了起来。"当天下午一点钟时又写道："有种说不出的痛苦，不禁又哭了起来。"连子规这样的大人都止不住哭了起来，可是我这个侄女看到自己腹部的十一个洞时，不仅没有哭，甚至没有任何表情。子规把吃看成是唯一的乐趣，每天在日记里记满了菜的味道；而我这个侄女则保持沉默。在两个人的世界里，成人和孩子表现得完全不同。我放下手中的《仰卧漫录》，止不住笑了好多遍。（写到这儿，可能又会遭来涉川骁君等人的批评，说我用词不谨慎，招惹是非，那就不如画蛇添足加上一句——"令人怀念的笑"，让人真是不知如何是好。）

这件事情就写到这儿了，没有得出任何结论，可能有人会讽刺我："自命不凡要写什么青春论（或沦落论），没有得出结论又为何要写呢？"我突然想起了侄女，对侄女来说青春论和沦落论的确犹如耳旁风，我只得放弃，但在失望的同时，我又想写点儿什么，仅此而已。

我无法进行诗歌创作，我的生活和文学都是散文，只写事实，文章形式的诗让人无法忍受。

我在京都的时候，在围棋会所认识了一个高级刑警，这个人喜欢俳句。一天晚上在四条车站碰见，于是在电车里一路聊起了俳句，他说喜欢虚子，不喜欢子规的"过于激烈"。

读《仰卧漫录》时，看到又哭又号的子规写了这样一段关于俳句的评论：芭蕉的"齐集夏时雨，奔腾最上川"这句俳句，总觉得气势宏大，是为数不多的一句。今天再次突然想起此句时，觉得"齐集"这个词用得太巧妙，缺少新奇，倒觉得芜村的"五月雨绵绵，孤村小舍一两间，大河过门前"这句更胜一筹。子规的感想只是针对词的语感而发，并没有对如何言物叙事等重要散文精髓发表任何感想。又哭又号的子规感情激烈，对于俳句却沉稳平凡。菱山修三说不喜欢唱《白猫》的歌者，唱词过于激烈。这首歌的确过于激烈，对于菱山的厌恶我也表示认同，但是我却被这种激烈所吸引。

很久以前，我也很喜欢看菊五郎的舞蹈，但是现在一点也不喜欢，因为追求现实与奇迹合为一体的马戏团、评书、酒、赌博等有现实感的奇迹成为了我的生存目标。

子规只是从词语的语感来构思俳句，日常生活中的他感情激烈、娇惯，也许不会去梦想现实的奇迹吧。没有为词语富有的诗趣所打动并不会让我不高兴，我无法忘记在现实中追求奇迹的天真和愚蠢；不仅忘不了，这也是我的生存信条。

大井广介说绝不会剖腹而死，或被车轧死，或走路时突然脑溢血而死，或在战争中中弹身亡。在何地、以何种方式死其实都没什么区别，只是这种被家庭抛弃的感觉绝不是件快乐的事。我是个不愿被家庭刻意束缚的人，但是有时也会期望自己会被其束缚。

一生盲目毫无目的地生活着，也没有什么追求的目标，说不定突然在某处就倒地而亡。即使到了七十岁仍在不断追求永不流逝的青春，也会觉得这可憎厌恶，看起来似乎过于苛刻，其实最为轻松；看起来过于深刻，其实最为浅薄。

　　司汤达曾遇到过一个名叫梅希特希尔德的女子，分手后就再也没有见过面；这就是永远的恋人，偶尔想起她会觉得很幸福，夸张地说这种情况即使在现实中也不存在，但在神的面前也许就被允许了。不知他的这番话是否是真心话，说得这么轻松随便，满不在乎，真是挺有意思。和司汤达关系微妙的梅里美则是个怪人，一生几乎只写了一个女人；这个女人只存在于他的书里，诸如女主人公高龙巴和卡门，并且女主人公在他的作品中形象变成维纳斯，杀害向自己求爱的男人。

　　但是，不仅仅是梅里美和司汤达，任何人都会有一个虚幻的恋人。有人想使令人类精神痛苦的非现实性与现实家庭恋爱生活的差距得以合理化，但是这在理论上是不可能的，只能选取其中一方。

　　很久以前，我喜欢过一个女子，见不到时，就想给她写信，夜不能眠。但是，我以为她有自己心仪的恋人，所以一直没有表白。后来不再见她，慢慢沉沦在一个新的沦落世界里。我已经脱胎换骨，我说不出像司汤达那么满不在乎的话，说句实话，我心里已经没有这个女人了，但是三年后——这期间我也和其他女人生活过——这个女人突然来拜访我，责问我当时为何不告诉她我喜欢她。女人表面看起来极其冷静其实内心极其混乱，我也失去了理智，曾经的激情死灰复燃，甚至想和她结婚。之后一个月，我们每三天见一次面，坠入沦落世界的我已经不再是以前的我了，即使是沉浸在失去理智的激情当中，实际上内心也不会被她完全占据。

　　她意识到了这点，先我一步表示放弃，我认为她的做法很明智。她来信说不再见面，见面只会痛苦，我也完全同意她的想法，于是回信说自己也有同感，决定不再见面。实际上觉得总算可以结束一件无聊的事情，心里暗暗觉得是一种幸福，可以将这个偶像从心里抹掉，不禁暗暗自喜，因为失去了这个偶像，还会有不断的偶像出现。我没有司汤达的胸怀，对于女人的感情说不出什么满不在乎的话，一切皆会变成过往烟云；司汤达的墓志铭"活着、创作、恋爱"成为了我的生活。但是"恋爱"或许是画蛇添足，它是"活着"的同义词，也可以说"活着"是它的同义词。

三、宫本武藏

突然出现宫本武藏剑法的话题，有的读者可能会觉得吃惊并生气；我并不是在虚张声势，也没有半点想捉弄读者的想法。我有我的个性和想法，如果没有这个特别构思的话，就难以得出我的观点。我对青春的看法，与宫本武藏有着必然联系，大家读了这部分内容才能理解我的观点。

太平洋战争以来，大家喜欢用"以眼还眼，以牙还牙"这句古话，让我们增强了不少自信。前些天读了一本讲义读释，说这是柳生派剑法的精髓，不知其真伪，总之肯定是某个剑派的精髓。接下来我要谈的就是：这与宫本武藏的剑法精髓同出一辙。

但是，"以牙还牙"这一剑术精髓与武士道精髓并不一致。砍杀手无武器的敌人的卑鄙或威武地自报姓名发动战争，这一武士道式的形式与剑术精髓并不相同，也就是说，

"剑术"和"武士道"是完全不同的。因为，剑术的精髓是臣子对于君主所产生的一种生存之道，光凭剑术精髓难以来衡量。相反，从武士道精神来衡量剑术的话，剑术是"防身"之用的，村正的剑术是杀人的妖刀，而正宗的剑术是护身之用，所以两者有着明显的差异。

听说剑术没有"护身"之用的刀法，不能靠挡住敌人的剑来制胜；就像大人和孩子的力量悬殊一样，只能靠先发制人取胜，"以牙还牙"正是各个剑术流派共同的精髓。

武士总是随身携带着大小两把刀，丝毫的侮辱都会让他们拔剑而斗，有时会招来怨恨，不知何时会引来杀身之祸；并且一旦拔刀相向，不把对方打败的话，自己就会被杀，死了的话太不值得，所以必须要取胜。武士每时每刻带着孤注一掷的觉悟，所以我觉得剑术其实就是保证万无一失。

但是，"一定要将对手置于死地"这一剑术奥义太具有杀戮性，这一处世信条会扰乱安宁，这种精神状态并不适合于和平时期。因此剑术本来的首要精神逐渐消失，剑术高超的老年武士逐渐锐气减退，想隐身而退，剑术也就逐渐流于形式，置对方于死地的剑术逐渐追求完美。或许是因为武士自身难以抵抗"置对方于死地"的激烈，所以自然会适可而止，变得妥协。

不取胜的话就会被置于死地，由于性命攸关，所以最好能置生死于外。但是这种觉悟口头上说说容易，不是高手是难以做到的。

前些天我读了胜海舟的传记。他父亲胜梦醉是个一生行恶的落魄武士，为人怪异，他自称武士使用剑术不一定要有合理的道理；但是到了老年回首一生，觉得一生过得没有意义，为了劝诫后代留下了宝贵的自叙传记《梦醉独语》一书。

一生滥用剑术的梦醉先生几乎不会读文识字，在二十一二岁的时候由于到处生事被关了起来。他当晚本来拆下窗户准备逃走的，突然觉得自己也是由于做了坏事才被关进来的，索性就在里面待待，于是一关就是两年，那时开始识字。识字只有这样的程度，除了实用之外不会任何华丽辞藻的修饰，在这本自叙传记中写道希望后代不要再走他的老路。

我只读了《胜海舟传》中所引用的《梦醉独语》这一节，并没有看原著。由于想看原文，我写信向朋友打听过，但是没有一个人看过；然而即使我只是看了《胜海舟传》中所引用的这一节，还是让人吃惊不已。

自叙传记部分充满了不可思议的妖气，行文流畅，一气呵成，表述了"将生命置之度外"的洒脱和不畏敌人的胆量。本来想给读者看看其中引用的内容，但是很遗憾，《胜海舟传》这本书让我给弄丢了，否则的话，其中的一些名句一定会让大家感叹不已；这部分引用内容从容淡定地描述了自己一生流氓无赖的生活。

儿子胜海舟也继承了他父亲"将生命置之度外"这一思想，但是他父亲作恶的坦荡，却有着一种富有艺术效应般的安定感和神奇的精彩之处。"将生命置之度外"这句话说出来其实很容易，但是实际上一百年里也不会有几个人真正有这样的觉悟。

常常会处于刀光剑影中的武士们在练习刀法时似乎应该具备这个觉悟，但也并不一定；这和刀法并没有直接关系，和人的性格倒有着很深的关系。胜梦醉的个性就是一个君主统治王国应有的民众个性和革新大实业家的性格，大彻大悟地保持着从容不迫，过着随心所欲的生活。这真是难以想象的一件事，并且这个伟大父亲还培养出了胜海舟这个不平凡的人。

相比梦醉的觉悟，宫本武藏就太平凡了，简直就是个傻瓜；将他六十岁写的《五轮书》与《梦醉独语》作比较的话，就能看出两者的悬殊程度。看起来似乎道学家所作的《五轮书》比《梦醉独语》格调高雅，但是其文章个性深度根本无法与《梦醉独语》相提并论；《梦醉独语》以最优异的艺术家之笔道出了极高的精神境界。

但是，有一点要说的是：晚年的武藏就姑且不说了，但是年轻时血气方刚的他有着绝无仅有的"生死度外"的觉悟。

宫本武藏晚年在细川家时，细川问他："在我的这些家臣里面，有没有在对剑术的理解上让你赏识的人。"宫本回答道："只有一个名叫都甲太兵卫的人。"但这是个剑术技艺极差、并没有什么长处的一个人。这让细川十分吃惊，于是问他原因何在，宫本说只要问问他平常对剑术的心态就可以知道。于是细川叫来都甲太兵卫询问，都甲太兵卫沉默了一会儿回答说："觉得自己没有什么值得让宫本赏识的地方，要说日常对剑术的心态，只有这么一个，说出来可能会让大家笑话。由于剑术不精湛、生性胆小，刀剑相争自己肯定会没命，所以总是担心得夜不能眠。剑术不高就不能靠剑术安身立命，所以最后相信只有将生命置之度外才能拯救自己。于是为了不害怕刀剑，想出一个晚上睡觉时在头上悬挂一把刀的办法来，所以最近心态也变得将生命置之度外，晚上也睡得着觉了。"在旁边的宫本补充说道："这就是武士道的奥义所在。"

之后，都甲太兵卫得到重用，被任命为江户藩邸家臣之长，不久就立下汗马功劳。刚好那时细川藩邸在修建，主体已经建好，但是庭院还在建设中。当细川登上城台和其他大名聊起时，一不小心说了大话，说一晚上就能造好庭院。这些不知辛苦滋味的主子，一旦抓住把柄就不肯放手，最后细川立誓一定要让对方看看一晚上就造出庭院来。细川吩咐都甲太兵卫一晚上必须造出庭院，太兵卫保证一定做到。一晚上，三千人辛苦劳作，第二天早上造出了一片苍翠的森林；树木其实没有树根，只能存活三天。宫本武藏的高徒有这等能耐，据说现在在熊本还留有都甲故居。

宫本武藏有本书叫《十智》，据说里面写了关于"变"的一说。大意为聪明的人懂得变通；愚蠢的人不懂变通，反而会因为智者变化无常，生气大怒。随机应变才是兵法的精华。

宫本武藏是个因剑而生、因剑而亡的人，是个总是在思考怎样才能取胜于剑法高过自己的人。他认为像都甲太兵卫那样做好"随时丧命"的心理准备，是剑法的奥义，但是他自己所走的道路却绝非如此。他的弱点比凡人更多，是很难开悟的一个人。他自己并没有"可以随时丧命"的觉悟，所以发明出来一种独特的剑法；这是一种凡夫俗子的剑法，以一种变化不断的精神状态来考虑如何才能取胜对方。

松平出云守本人是流云剑派的高手，家臣里也有许多剑法高手。有一次武藏在出云守面前与其家臣中最厉害的高手比试剑法。

对方手拿一根八尺长的八角棒来到现场。武藏从书斋里拿来一把木刀，对方站在书斋的旁侧等候武藏的出场，并没有摆好比赛姿势。

武藏看到对方没有做好准备，还没有下完台阶，对着对方的脸部就是一刀。比赛开始的招呼都没有打，被突然一击，对方极其愤怒，正准备捡起棒子时，武藏又是"啪啪"两刀砍向对方的手腕，然后向对方头部砍去。

武藏认为：在比试的时候，不能忘记做好各种准备，瞄准敌人的空当下刀，这就是刀术。为了取胜对方，可以不择手段；刀并不是唯一武器，要利用对方的心理、疏忽、弱点等一切可以利用的东西。

前几天，我看了吉田精显写的一篇名为《宫本武藏》的文章，突然翻然醒悟。吉田是武德会的老师，并且本人就是二刀流派的高手。他从专家的独特角度描述了武藏的比赛情形，描述其光怪陆离的个性，这是小说难以做到的。接下来我就现学现卖向大家介绍武藏的刀法，不过这里面带有我个人的一些偏见，请大家见谅。

武藏在其二十一岁的那个秋天，与吉冈清十郎有过一场比试。他的父亲新免无二之助胜过吉冈宪法，不满足于父亲刀法的武藏为了一试自己的刀法，必须也要打赢被父亲打败的吉冈。武藏迟迟来到约好的比赛场地，等候许久的清十郎看到武藏立即拔刀相向，但是武藏并不举刀，见到敌人拔刀并不停住脚步摆好姿势，只是依旧保持从容的姿势走过来。就在清十郎为这番情景吃惊的时候，武藏突然冲向清十郎，距他只有一刀的距离。不敢懈怠的清十郎正想举刀，就在那瞬间武藏已经先举起刀来。清十郎以为自己会中刀于是侧身躲开，武藏却并不砍下，而是将刀高举过头一下击倒对方。清十郎虽然保住了性命，但也成了一个残废。

清十郎的弟弟传七郎前来复仇，据说传七郎是个大力士，刀术胜过其兄。武藏又是姗姗来迟。武藏心里知道这场复仇战必须一分高下，但是他并没有带刀前往。一到现场，武藏觉得很是意外，传七郎手拿一把五尺来长的木刀，远远看到武藏就摆好了姿势。武藏迟疑了一下，但还是空着手依旧保持从容的步子走了过来。传七郎不敢懈怠保持好迎战姿势，但是在犹豫何时拔剑的时候，武藏已经距离传七郎五尺不到。刀的长度过长，这时传七郎拔刀的话还有可能打败对方，但是武藏突然猛扑过来，一举夺下传七郎的刀，将对方砍死。

吉冈数百名弟子簇拥着吉冈的一个名叫又一郎的儿子来找武藏决斗。由于对手众多，这次他比约定的时间早到。武藏躲在一棵树后，听到吉冈一群人说自己又会晚到。武藏两手拿一大一小两把刀突然跳了出来，一举砍下又一郎的头颅，然后边逃边砍。最后对方全军覆灭，自己只是衣袖上中了一箭，毫发未损。

武藏与一位名叫肉户梅轩的带链镰刀高手也比试过。带链镰刀的刀刃长一尺三，刀柄长一尺二，刀柄端有根铁链，铁链前端是个秤砣。用刀时，左手拿住镰刀，右手拿住铁链的中部，挥动秤砣。据说，秤砣和镰刀不太可能会交相袭来，在有一段距离相隔的场合，难以判断秤砣何时会飞过来，镰刀只能在近处起到作用；所以有相隔一段距离时，只要当心秤砣就可以了。还有一点是不能忘记铁链的用处，当铁链伸直时就变成铁棒，所以可以抵挡或缠住大刀。据说，铁链卷住大刀的话就易取胜，挥动带链镰刀的人就能稳稳当当将敌人拉过来。但是不会有人用这个蠢招数，因为当秤砣缠绕上刀的瞬间就会被斩断。

肉户梅轩一看到武藏就开始挥动秤砣。站在五六十步之外的武藏右手拿刀观察了一下，将刀换到左手，然后右手拿一把小刀，他并不是左撇子（从肖像可以看出）。请大家注意，一般情况下都是右手拿大刀，左手拿小刀。武藏两手将刀高举过头，与对方的秤砣以相同的速度挥动右手的小刀，并和着拍子稳稳地向对方靠近。

梅轩大吃一惊。因为相同速度挥动的小刀会挡住秤砣击中武藏的脸部。秤砣被小刀缠住的话，而这时武藏左手的大刀就会致命。梅轩不得不步步后退，而武藏步步相逼。就在铁链挥至下方的时候，武藏对准梅轩胸部甩出小刀；就在他慌乱不备时，武藏挥起大刀朝其胸口砍去，就在梅轩侧身躲开的瞬间，一刀从其头部砍下。因为师傅被杀，场面一片混乱，武藏双手重新举刀，向梅轩的弟子们砍来。

武藏认为刀法没有固定的套路，要根据对手灵机应变，所以他指责柳生刀法拘于套路。柳生刀法有大大小小六十二种刀，认为要先学会应付各种情况的刀法。武藏对此持否定态度，他不赞成形式主义，认为变化是无穷的，所以记住那些刀法并无用处，而应该随机应变。

佐佐木小次郎和武藏的见解也有很大不同。

小次郎原本是富田势源的高徒，在势源门下无人能及；并且胜过了势源的弟弟次郎左卫门，所以自信满满地开创了一个新的剑派"严派"。富田派一向尊重刀法的"快"，所以小次郎的剑法也追求"快"，他能击中穿过桥下的燕子，也就是说下刀要比燕子侧身速度快。

但是，武藏认为这种相对速度有一定局限性，这与根据对象采用不同的预先应对方法是一样的。即使是能应对燕子的速度，但是对于速度快于燕子的其他对象来说起不了作用。所以重要的是对敌人的速度有准确的观察力，根据对方的速度灵活应对。

小次郎练成一手快刀法，取名"虎切剑"，在全国大赛上从未输过，被招到小仓的细川家，名声大震。当时身处京都的武藏听到小次郎的鼎鼎大名很想与他一比高下，在他看来，剑术的快慢并不是剑术的本义。

武藏来到小仓，向细川家提出比剑邀请，得到同意后，决定在船岛比剑。他原本应该住在家老长冈佐渡家，然后第二天一大早乘船去船岛的。但是他暗自打算，隐藏行踪，住进了下关市船商小林太郎左卫门家。

第二天得知小次郎已经到达船岛后，武藏才起床吃早饭，然后让主人摇船，自己借来道具制作木刀。报信的多次催促尽早过河，但是他置若罔闻，用心做刀，最后做好一把四尺多长的木刀。

小次郎用的是一种名为"物干竿"的，非常有名的大剑。武藏也有近四尺长的大刀，但是长度不及物干竿；并且小次郎的剑术很快，刚落剑就能马上提剑反攻。这招剑术就是虎切剑，要破这招，就是要在虎切剑够不着的地方，砍下对方一只手来将其制胜。这就是武藏要做一把特殊长刀的用意。

三小时后，武藏来到船岛，他在浅滩处下了船。小次郎由于等候多时，已经不耐烦，看到武藏下了船，就愤然跑向岸边。

"为什么这么晚才来？是不是怕了？"小次郎大怒问道，武藏并不作答，只是看着对方，事情发展正中他的下怀。小次郎盛怒之下将剑鞘扔向海面，做好迎战准备。

"小次郎你输定了！"武藏小声说道。

"你怎么知道我会输？"

"不输的话，怎么会把剑鞘扔到水里？"

武藏的这一招真是精彩至极啊！我不由得觉得他是个天才，是个努力型的天才，他开创了自己的"应变"剑法，从能灵活利用敌人扔剑鞘这么一个举动，可以看出他的冷静和修养。他能在最后关头，抓住一线生机，并展露出自己的个性，这就是他的剑法。在即将被水淹没的时候，抓住任何一根稻草使自己存活，这是他的生性，也是他的剑法。具有个性的剑法就如同艺术品一般，他的绘画和雕刻水平很高，他说画画和剑术同出一辙，真是太有道理了。他的做法虽然非常猥琐，但是我仍认为他的此举如艺术品般完美。

这次剑法比试非常危险，武藏只是险胜对方。

小次郎恼羞成怒，高举起剑，武藏暗忖："机会来了。"因为不能给小次郎时间，剑术高超的他会马上重新冷静下来。

武藏冲向前去，大胆地拉近与对方的距离。小次郎的剑法极快，但是反攻剑法更可怕。武藏并没有忘记停止前进，在千钧一发之际，将高举的剑从一只手换向另一只手，朝对方砍去，在小次郎倒地的同时，武藏的头巾也被砍断。

小次郎虽然倒地，但是还能动弹；武藏朝他靠近时，小次郎从侧面挥起大刀砍去。但是武藏早有准备，裙裤的下摆只是破了三寸而已。几乎就在同时，武藏举刀往小次郎胸前砍去，小次郎七窍流血，一命呜呼。

武藏说过，都甲太兵卫"随时丧命"的心理准备就是剑法的奥义。他晚年所著的《五轮书》就是论述了剑法的这一奥义；但是他的剑法并不是建立在这个奥义的基础之上，而是建立在个性之上，其剑法与其所认为的奥义相距甚远。

武藏的剑法并不是仅仅利用对手的胆怯，连自身的胆怯也被用来作为攻击的武器，将人的求生本能升华为武器来战胜对方。

我认为这就是真正的剑术，因为输了的话自己就会没命，必须取胜，没有妥协的余地，没有退路；取胜的话就拥有一切，正义也就在胜者一方。无论如何必须取胜，我们当前的战争也是如此，只能赢不能输。

但是，遗憾的是，武藏的剑法并不被当时社会承认。形式主义的柳生剑派处于全盛时期，武藏这种一决胜负、过于激烈的剑法没有通用的余地。

我认为武藏的剑法就是沉沦的世界，并不是因为不被社会承认，而是因为其确实具有沉沦个性的一面。

孤注一掷、随机应变、发挥出最大的实力来一决胜负，寻求一线生机。与传七郎比试时，看到对方手拿五尺来长的木刀，能想出近距离取胜对方的绝招；抓住小次郎扔掉剑鞘的举动；与松平出云守的家臣的比试中，趁其不备在比赛开始前就将其制伏。

武藏在比试前就精心设计，利用迟到、激怒、趁其不备、先发制人等招数；并牢记抢先占有心理主动权，不慌阵脚亲自削刀，想出用两把刀来对付带链镰刀的特殊招数。在比试前精心设计的同时，根据现场具体情形来寻找活路。这种即兴性的剑术尽管富有深意，还是与正统剑派相距甚远，每一次比赛都是为一次奇迹的赌博，投身于与自己理念相悖的地方就是一场赌博，尽管做好了一切物质准备和精神准备，但是改变不了赌博这一事实。

　　"小次郎你输定了"，尽管只是武藏的一个雕虫小技，但是他已经无路可退，只能以拼死一念、靠最后一根稻草来创造奇迹，因为这是最后的一线生机。所以我认为它有一种震撼的美，正因为费尽心机并赌上自己一生的修炼想出的最后的招数，所以有种美感。他不想死，求生的本能以极其丑恶的姿态凝聚在他的剑上，寻找一切可以依附的东西为自己寻求活路；并且在最后关键时刻，无意识中运用这一策略，所有不果断的致命性格都反被当成武器来使用。

　　但是，武藏并没有恶人的可怕之处，利用松平出云守的家臣疏忽，在比试开始之前就将对方制伏，虽然做法卑鄙，但是并不是恶人的可怕之举，而是一个愚笨乡下人的临机一动。他只是一个一心想取胜的剑者，与作恶无缘。

　　他没有可以"随时丢命"的伟大觉悟，正因为如此，创造出了这一独特无比的剑法。他除了剑，没有其他可以选择的生存之路。都甲太兵卫当上了家老，干出了一夜造出庭院的豪壮之举；武藏二十八岁放弃比试剑法后，一生以剑为生，只能为自己的剑法不被承认而愤愤不平。虽然六十岁时写了本《五轮书》，但已失去了以前对剑道的光辉坚定的信念，没有了论述自己剑术的率直和自信。故弄玄虚地将全书分为地、水、火、风、空等五卷，故作深沉以致陷入俗套，显得愚蠢无比。

剑术就是"青春"，尤其是武藏的剑术，孤注一掷、赌博式的奇迹般的沦落；武藏自身并没有意识到这点，以为符合正统，但却不被承认。

武藏二十八岁退出江湖，共比试过六十多场，没有输过一场，但若能这样走完激烈的一生，不能不惊叹他是个超人。但是，这过于苛刻，虽然他意气用事、觉得体面光荣，但是每场比试都如履薄冰，准备周全，全力以赴，我不得不为之感动，流下了同情的眼泪。可是为何不自始至终坚持走下去呢？即使是输了，被砍死也无怨无悔啊，只有这样，武藏才能得救。丧失斗志的他竟写出了《五轮书》这种没有水准的书。

剑术本来就是建立在其本来真正面目上的，正因为展现了剑术的本来精神，却被世人唾弃。而武藏自身又未领悟到这个道理，所以在不满中结束了悲剧的一生，也让人感到滑稽可笑。他输给了世人，还有柳生派的剑客以及形形色色的无聊的武林中人，如果他不变成和那些人一样的话，他就不会输。

据说武藏在柳生兵库的门下待过一段时间,听说兵库是柳生派首屈一指的高手,他们俩都对对方的剑法赞赏有加,两人每天在一起喝酒下棋谈笑风生,最后并未比试剑法就分道扬镳。据说是因为双方心中都认为和对方不分上下,所以无须比试。我也赞同此种观点。但是对于武藏来说这点是不对的,不比试就意味着他输了,没有比试就没有他的剑术,就没有他的存在;因为比试对他来说是他的艺术品,没有了比试就没有真正的他。看到自己与挚友剑术不分上下而坦然分道扬镳的这种生存方式让武藏的个性剑术走向灭亡。

万事都要一决胜负是件很痛苦的事。我有时会观看日本棋院的段位赛;比赛结束之后一定会重新布局,根据各种场合讲述感想,研究棋艺。胜方虽然不会一边谈笑风生一边讲解棋经,可是败方垂头丧气,一副悔恨不已、不能释怀的样子。我输棋的时候也会觉得后悔不已,但是和这些内行的神色比起来不可同日而语。因为是拼上性命的胜负之争,所以败方不释然的脸色并不会让人觉得感觉不好,因为坚持到底,所以根本不会遭到别人在背后嘲笑。

将棋界的木村名人是非常少有的一个高手,生来能得到此种评价的人在这行实属罕见。他全身心扑在棋盘上,充满斗志,他的棋艺、他的斗志无人能及;相扑力士里也没有像他这样的人。

但是,木村名人也输过好几回,相比之下武藏的道路就太凄惨了,输就意味着丧命。佐佐木小次郎因为一次输就结束了一生，武藏虽然没有输，最后是在床上结束了一生。并不是生命攸关的围棋和象棋的棋手一般到了五十岁就难堪激烈的胜负之争，同样武藏的剑法比试也无法贯穿其一生。我对他的期望也是不现实的，但是武藏放弃比试剑法的时候，就意味着他的失败，他的死亡。

　　大家看过《五轮书》这本平庸的书就会明白：武藏放弃比试剑法并不是因为取胜不再让人欣慰，或丧失了斗志或是因为对生存的厌倦，或明白了魔鬼缠身的空虚，苟延残喘地保住一条性命。因为《五轮书》这本书，其盛名得以流传下来，但是这又有什么价值呢？

四、再看我的青春

说到沦落的青春，可能大家会觉得我的青春是自暴自弃、颓废主义，其实全然不是这样。

但是，就像我在前面说的那样：我的生活里对于青春并没有明确的认识或歌颂，我的一生都在黑夜中徘徊；但是在黑夜中有一盏属于我的明灯，在荒漠之中探寻自己的道路。

有一点是肯定的：没有信念的人生毫无意义。这是一个沉重的话题，每当有人问我的信念是什么，我都会一时回答不出来。有人认为：没有信念地活着也无妨，一样可以过得很幸福。对于他们来说，信念就像一个玩具。

实际上，只有死亡才能让信念产生，信念往往和死亡联系在一起，可以说这也是一种沦落，或青春的本义。

但是，如果是一种盲目的信念，即使一生跌宕起伏，也不能算是有意义的一生，反而会因为神秘过剩的热情变得混浊不清，让人不快。

　　我非常喜欢一个名为天草四郎、名气响彻日本的少年选手，我花了三年多的时间想写一部关于他野心和成就的小说。为此看了许多天主教的文献，看着那些怀抱狂热信仰的众多殉教徒们一个个毅然赴死，只是让我想多说几句徒劳无益的话，非常让人不快。

　　天主教有不可自杀的训诫，当时对于这一训诫的执行非常严格。小西行长正因此才选择了非武士化的死法，被押往刑场。并且天主教不认为手持武器的抵抗是殉教，因此"岛原之乱"中三万七千名战死者不被认做是殉教徒。所以当被包围时，为了像天主教那样赴死，有的武士故意将刀连同鞘扔掉，接过绳子；还有的教徒在被处死前对刽子手致谢并祈祷，说为主殉教是件光荣的事。当时，印发了殉教规则，教徒们都学习这种天主教式的死法，当时教会的教主们陷入一种奖励死刑的病态境地。无数殉教者流血牺牲凄惨无比，但是不禁让人对于这种毅然赴死的病态行为感到气愤，有时觉得这是一种愚蠢、可恨的行为。

　　任何人都会有对生的渴望，为了信念将自己的生命贱价付出，这太过于愚蠢。当为十钱的茄子讨价还价时，不会觉得这很病态；但是对于生命的讨价还价却会觉得很变态，急于赴死，这绝不是什么了不起的事。

　　宫本武藏与吉冈一门一百多人决斗的那个早上，当他急忙赶往一乘寺下松果场这个地方，路经八幡神社的时候，不禁祈祷战胜对方。正准备想鞠躬时，他立即打消念头，萌生要靠自己的力量去取胜的勇气。

　　我非常钦佩有这样气量的武藏，但是我并不认为这与他的一生有重大关系。不仅仅是武藏，当站在神的面前，有几个人会保持内心平静呢？神社和寺庙内肃穆庄严，有时我也会去那种地方散步，没有任何宗教信仰的我站在正殿前面也会不禁心生波澜，想祈求祷告。虽然没有鞠躬虔诚祷告，但是内心还是会有些动摇，告诉自己下次一定要鞠躬求拜。有一次就是带着这种想法去神社祭拜的，那时只是鞠了一个躬，就在一瞬间吃惊地发现自己的动作是那么笨拙。我这种人即使有了企盼，也只会放在心里，不会去低头叩拜。

　　自杀身亡的牧野信一曾是个洋气时髦的人，为了不让别人觉得他粗俗，处处小心谨慎。但是只有在神佛前，他不会顾及任何人，每次路过一定会进去顶礼祭拜，并投香火钱。我非常羡慕他的本真，但是我却没有勇气去那样做，只会待在远处踢踢小石头。

　　几年前，菱山修三准备出航去国外的前一周，从台阶上摔下，咳血不止。他曾对生存绝望，我也认为他不久就会去世，但是一年半后，他重新恢复了健康。据他说，只要将治好病看成是人生目标，肺病这种病就一定能治得好。原来他放弃了其他一切人生目标，保持静养，专心治病。

　　之后，我住进了小田原的松树林里，附近邻居都是些肺病患者，可悲的是他们当中有的人并没有放下其他一切目标来专心治病，他们的疗养生活和常人没有太大区别，不够彻底。有的病情没有菱山严重的人，在看书或散步时就猝然身亡。将治好病作为人生目标的确是件难事，要治好肺病，须有很好的教养。

虽然我的生活空虚、没有意义，但是我也能切身体会到：死很简单，活着不是件易事。一边过着空虚的生活，一边又不甘心，想要祈祷、醉酒、遗忘、喊叫、奔跑，我没有选择，活着就是我的全部。

对于这样的我来说，青春就等同于生存，与年龄没有关系，也没有止境。

我的小说创作也是为了创造超越自己的奇迹，并没有其他大的动机。也许有人会取笑我，但这是事实。也就是说，我的小说本身就是我沦落的象征，用满腔热情将自己的现实与奇迹合二为一，这是我唯一的生存之道。

这种生存方式看起来似乎很有自信，其实最没有自信。每当意识到自己在不停追求奇迹时，都会感到胆战心惊，没有比清楚知道自己实际力量更可悲的事情了。

但是，这种力量是人与生俱来的，不容改变，只有朝着自己选择的道路一直走下去。

我有个朋友叫长岛萃，他八年前发疯离世。他的父亲叫长岛隆，是以前一个知名的政治阴谋家。听说此人常常教导儿子不要做正经的工作，当名采矿者，证券商或小说家等。

我曾把这个故事讲给一个我心爱的女人听，她听后抬头问道:"小说家也是采矿者吗?"

当时,我不知该如何回答,可能回答的是否定(不是记得很清楚)。现在仔细想想,这个政治阴谋家的确说得很巧妙,也许我俩对采矿者的理解各有不同,但是我现在完全认同:小说家就是采矿者。不挖就无法知道下面是金矿,还是镍矿。总之必须赌上自己最大的力量,从一般意义上来说我也是这样认为的,不是采矿者就是个赌徒,至少在我看来是这样的。

对于我来说,我的一生都是可憎的青春,我必须坦白我的不自信,对此我还是有自卑感的。但是我还是有时会以此为荣,我也有胆量在我的墓碑上刻上"死于沦落"这几个字。

总之,活着就是我的全部,此外别无他路。

恋愛論

什么是恋爱？我不甚其解，需一生在文学中不断探寻它的真意。

　　谁都会恋爱，也许有的人没有恋爱就结了婚，然后渐渐爱上对方、孩子、家庭还有金钱和和服。

　　我并不是在开玩笑。

　　日语中有"恋"和"爱"两个词，两者意思有着微妙的差异，也有的人觉得两者有着很大的差异。在外国（我所知的二三个欧洲民族）"恋"和"爱"意思是一样的，表达喜欢人和物所用的词相同。而在日本说喜欢人可以用"恋"和"爱"两个词，但是不能用在通常的物的身上；在极个别场合，与"爱"的意思不同，"恋"含有更为强烈和疯狂的力量。

　　"恋"这个词表达的是对得不到的东西的一种向往；"爱"这个词则含有充满深沉宁静，对已经拥有的东西饱含爱怜的含义，可以说"恋"含有对追求的狂热和企盼的意思。我并没有翻阅字典，但是"恋"和"爱"两个词有明确的历史性区别和语义差异。

天主教首次传入日本的时候，据说因为"爱"这个词着实费了一番工夫。在他们民族，"爱"就是喜欢，对象可以是人和物，只用这样一个词语；但是日本的武士道禁止男女私下恋慕，认为追求异性是不义，认为恋爱是邪念不正，纯洁之意是"爱"这一个字无法诠释的。天主教徒说爱神、爱天主教，但是"爱"又被认做含有强烈不义之意，所以不知该怎么翻译才好，所以最后发明了"大切"（意为珍视）这一词，所以表达为"珍视神"、"珍视天主教"，将"我爱你"之意表达为"我珍视你"。

实际上在我们今天的日常惯用语当中，"爱"和"恋"是两个不太相称的词。"我爱你"这一表达就好像在舞台上心不在焉地说出来一样，有种与我们的实际生活不密切、空虚之感；"爱"给人一种矫揉造作之感，所以常用"我喜欢你"来表达，可以感觉到对方的真心，和英语的"LOVE"意义大致相同；但是"喜欢"一词语感稍微欠缺，感觉就像喜欢巧克力一般，所以为了加深程度，表达成为"非常喜欢"。

明治之后，为了迎合外来文化的需要，日本词汇中产生了许多新的词汇。词语的意思和我们日常生活中惯用的词语有着极大差别，有许多意思界限模糊的近义词。我很怀疑：我国能否称做语言大国，我国的文化能否真的从中受益。

"爱慕"一词显得低俗，"爱"则显得高尚，恋爱的种类或低俗或高尚，类型多样；仅仅一字之差，简单明了地将"爱慕"和"爱"区分开来，这似乎非常方便，但是相反我却觉得有种不安。仅仅一字之差，并不能表现出事物本身的深刻微妙之处以及独特个性。过于依赖语言，语言应该顺从于事物本身，语言只是我们了解事物的工具——这种想法阻碍人们去观察事物本质。总之，日语的多义性过于注重使用场合和氛围，所以日本人也非常情绪化。我们语言的多样性看起来似乎可以让我们驾驭自如，让我们自如地驰骋在心情的旷野上，让人觉得可靠踏实；但是实际上只会让我们变得似懂非懂，过于情绪化，像原始诗人般自由发表言论。所以给因语言的神奇力量成为幸福之国的原始状态的日本披上外来文化的衣裳。

人对于恋爱也常常抱有一种情绪般的特殊空想，但是恋爱既不是一个词也不是某种氛围，只是喜欢而已，喜欢的心情也许有无数种类，其中也许有喜欢和爱恋的种类之别，但只是种类差异而已，而不应该是氛围上的差异。

大人都知道恋爱只是一时的幻影，迟早会破裂、从梦中清醒，这真是一种悲哀。

年轻人虽然也知道这一点，但是热情的现实生命力却不知道；大人则不同，他们自身的热情也知道恋爱是一个幻影。

每个年龄都会有各自不同的灿烂和收获，对于恋爱只是一种幻影这一事实，我认为年轻人只要心中明了、姑妄听之就可以了。

我厌恶过于真实，人死后即变成一堆白骨，死后万事皆空，这种理所当然的真实，只能说是毫无意义。

教导有两种：一种是前人失败的经历，后人不能重蹈覆辙；另一种是虽然后人重蹈前人覆辙的话，注定会失败，但并不是不能再犯同样的错误。

恋爱就是属于后者这样的情况，虽然心里明白是幻影，不可能有持续永远的恋情，但还是欲罢不能。因为不这样做的话，就不能称之为人生；就像人最终都会死，还不如早一点死的道理一样，都是不成立的。

有些人认为因为《万叶集》和《古今集》中的恋歌吐露了朴素的真情，于是认为它们有极高的文学价值，我不喜欢他们这种简单思想。

说得极端一点，那些恋歌只是动物本能的叫喊，就像和猫狗发自感情的叫声是一样的，只不过人将其用文字表达出来罢了。

沉醉于恋爱中的话，会彻夜难眠；给对方写情书，不管情书写得多么好，其实心声和猫狗是一样的，这是亘古不变的真实，这里没有必要赘述。恋爱中人都是如此，这是理所当然的事实，都是随性而为。

只有初恋不是这样的，不管是第几次恋爱，结果都是一样。成功的恋爱和失恋一样，都会令人难以入眠、痛苦不安，这是一种纯真的恋情，在一两年的时间里又会恋上另外一个人。

我们关于恋爱的想法和著作，并不是追踪其原始不变的心情的应有面貌。

人类生活要靠每个人去经营，每个人必须去经营自己的一生，所以其努力的历史足迹培育出所谓的文化。每个人都试图使恋爱从本能的世界升越到文化的世界，这样问题就产生了。

A和B两人相恋，彻夜难眠，分别后痛苦难耐，写信哭诉，先辈和孙辈世世代代都是如此，无怨无悔；但是就是如此相恋的两人，两三年后就会争吵打架，移情别恋，思索着好的解决办法。

但是，A和B两人并不会考虑到这种地步，走入婚姻殿堂后，最终毫无例外地彼此厌倦、嫉恨，思索着解决办法。

即使问我该怎么办，我也无言以对，我们每个人都要寻找各自的答案。

我并不认为不可以和有家室的人发生恋情。

人们总是会同情被抛弃的一方，憎恨抛弃方；但是不抛弃的话就甩开不了家庭，所以必须要忍受和被抛弃方同样的痛苦。所以我认为成功的恋情和失恋的苦痛都是一样的。

我厌恶同情，因为同情而放弃恋情，过于黑暗沉闷，我不喜欢。

相对弱者，我选择强者和积极的生活方式，实际上这条道路是条苦难之路，因为弱者之路清晰明了。强者之路虽然不明了，但是安全，不需要太大的精神斗争。

但是，即便是千真万确的道理，也不会得到所有人的认同，每个人都有各自的个性，在周围环境的影响下，保持着各自的个性。

我们的小说并不接受希腊自古就有的教训，围绕恋爱进行多角度的描述。个性只能依靠个人的方式去解决，所以如果有放之四海而皆准的规则来给恋爱下一个明确定义的话，就没有必要写小说，小说也就没有了存在的意义。

但是，虽说恋爱没有规则，其实也是有一定的规则的，那就是常识或者说是旧俗。这一规则使灵魂不被心所蛊惑，不服从虚伪，也就是说它是小说产生的灵魂，所以小说的精神常常反叛现实世界，想寻求更好的世界，但是这是作家们的主张，从常识上来看文学常常是反映良好风俗的。

恋爱是人类永恒的话题，我想：只要人类存在，人生最主要的内容也许就是恋爱吧。我在此并不是要讨论恋爱的真谛，我们也不可能断言怎样才是正确的恋爱。

只是我们每个人要努力走好我们自己的一生，为属于我们自己的真实，悲痛并骄傲，并体恤自己。

问题在于什么才是属于我们自己的真实。

对于这个问题，我也没有自信用词语来解释，但是我能肯定地说：常识，也就是诸如淳风良俗等并不代表真理和正义；淳风良俗所认为的恶德并不就一定是恶德。我们应该害怕的是受到自身的惩罚，而不是受到淳风良俗的惩罚。

人生从来就不会圆满幸福，大致都是诸如自己所爱的人并不爱自己、想要的东西得不到等，这只是刚开始而已。"灵魂的孤独"这一恶魔之国正张开大嘴等着每个人，越是强者，看见的恶魔就越大，并不得不与之抗争。

人的灵魂不能因为任何东西得到满足，尤其值得一提的是，将人类和恶魔联系起来的是知识，人生不可能永远幸福。"永远"对于有限的一生来说本来就是一个谎言，装作诗人般呼喊永恒的恋情，只是一种玩弄主观想象的华美之词，这种如诗般的陶醉绝不优美高尚。

人生必须先热爱现实，然后才能爱诗。现实本来就常常背叛人，但是这种将现实的幸福称做幸福，现实的不幸称做不幸的现实主义太过严肃；诗的态度是自大空虚，只有当对象本身就是诗的时候，诗才可能有生命力。

像柏拉图式纯精神的恋爱那样高歌精神恋爱也不可思议，我们不能轻蔑肉体的作用。肉体和精神常常相互背叛，从我们的生活来看，常常以精神为主，所以已经习惯背叛和轻蔑肉体，但是不能忘记：肉体也会背叛精神，两者都不能忽视。

人不会因为恋爱而翻然醒悟，即使是多次恋爱，除了明白"愚蠢"这点外，并不会变得聪明，相反常常被愚蠢背叛。尽管如此，恋爱仍是人生不可缺少的一个部分。人生本来就是糊涂愚蠢的，即使是场糊涂愚蠢的恋爱，也不要对恋爱产生自卑。我们要铭记：愚蠢是无法根治的，在我们糊涂愚蠢的一生当中，最难得的就是糊涂。

在人的一生当中，最能给人以慰藉的是什么呢？那就是痛苦、悲伤、苦闷。如果是这样的话，就不用害怕犯糊涂。有时痛苦、悲伤、苦闷会带来些许满足，没有丝毫都体会不到的灵魂。啊！不要说自己孤独！孤独是人的故乡，恋爱是人生之花，不管恋爱多么寂寥，人生之花仅有这一朵。

战争论

戦争論

戦争論

战争给人类带来了许多益处。由于战争，促使了民族间文化交流，印度因明学成为了亚里士多德的伦理学；梅毒病原菌伴随着香烟传到了大西洋，不久发生了世界大战，促使研发兵器，科学和文明得以不断进步；最后直到今日，人类学会了使用原子能。

经过流血牺牲、家破人亡、流离失所、贫困潦倒，现在战争给我们带来了巨大益处。战争带来的益处和各个历史时期人们所受的危害，两者哪个更大呢？在历史这一无情的世界里，或许应该说益处要大于危害吧。

在百年之后，我们又将不得不成为这一无情历史中的一员；如果是那样的话，站在人类历史的立场上，为了我们自己的安危，或许应该诅咒战争。我在这里所论述的战争论，并不是出于自身安危的考虑来挑战争的毛病。

任何事情都有其限度，时速可达三百公里的汽车在东京都内时速只能开到三十公里；杀人谁都会，但是不允许无故杀人。任何能量都有使用限制，是文化或者说是文明发现了这一限制，能量的发现本身并不能称做是文化或文明。

原子能也是一样，发现并确定了其使用限制后方能成为文化的一个组成部分。

直到今日，只有战争超出了这一限制，人类允许其发挥巨大的杀伤力，允许并期盼原子能发挥其最大的爆炸威力。

例如日本的交通史，直到挑担、骑马和人力车时代，都允许以最快的速度行进；到了汽车时代，不得不限制其速度，因为限制比全速带来更大的效力，更适合文明社会。

我认为：从人类历史角度来看，战争也是如此。在一九四五年八月六日原子弹轰炸之前，各种兵器的能量所带来的益处胜过其所造成的危害。

大家看一看！在我们日本，不管是惨败、战火燎原还是盗贼成群，从无情的历史观察角度来看，战争带来的益处超出了危害。

从德川时代，应该是从记纪时代起就怀有一种独尊和锁国特性。因为战争，国门得以有机会被打开，虽然并没有通过这一机会打开一扇正确的大门。但是我认为：仅凭这点，就可以认为是日本史上最大的受益之处。

战争带来的益处虽然很大，但是在一九四五年八月六日原子弹轰炸之后，则发生了重大改变。

我们并不知道原子弹的真正危害，据说八月六日和九日只是由于这样一枚炸弹的投下，造成了日本的一个县乃至整个关东平原的受害。当尚处研究中的宇宙线成为武器时，就具有一举改变旧式武器的神通之力。

我刚才说的是神通之力，我们的祖先以及所有人类都在思考魔法、神通之力和隐身术，人类的思考空间伸向无限，并一直祈祷着能在空中飞翔。传说中孙悟空和役行者腾云驾雾，自雷也骑上蟾蜍，猿飞佐助在空中时隐时现，但是我们的飞机实现了他们的梦想，并以超音速的速度在天空飞行。

只要瞪眼一瞧，或刺激一下，对方就啪地应声倒下，这是怎么一回事呢？只要一扣动扳机，子弹就能穿透对方的胸膛，自从枪炮从种子岛传入日本后，这就变成了现实。

尽管巨人格莱莫疯狂肆虐，将布拉格大街翻了个底朝天，但是其危害还是不如这地毯式的轰炸。

在一九四五年八月六日原子弹轰炸之前，人类的空想与科学一样都发展到了最高境界。

我们的祖先具有无限的想象力，但是他们的魔法、神通之力和隐身术都没有想到会有八月六日这场轰炸，因为爆炸的威力超出了想象的可能。

筑紫国①的梅大臣变成响雷落下，也许只不过是一千磅炸弹的威力；谁也不会想到，原子弹会将整个筑紫国山中的狸，甚至是池中的蚯蚓，瞬间全部化为乌有。

---

① 日本九州的旧名。

一旦超出了想象的界限，就不再属于人类，而是变成恶魔的武器；当然其造成的危害就超出了带来的益处。在这一恶魔般的炸弹爆炸后，至今为止战争所带来的效力终于不及其带来的危害。

我的以上计算并不是按照科学方法得出的，这一超乎想象、恶魔般的炸弹所带来的危害和益处之间的差是多少？即使花一年的时间去加减天文数字，恐怕也得不出结果吧。

武器的魔力超出了想象空间，最终战争也发展到了极限。

武器的魔力已经发展到这般地步，就绝对不能再发生战争。

至今为止，战争给我们带来的益处，以及今后可能会给我们带来的益处，都必须想方设法，通过战争以外的其他途径来获得。

战争给我们带来了什么？文明的进步和文化的交流，或许今后的世界将变成单一民族，这可能就是战争带来的最终收获吧。

但是，我们不能依靠战争的力量来等待收获，因为武器的魔力已经超乎想象，只有通过其他和平方式，经过漫长时间、一步步踏踏实实地朝着这一目标前进。

我已经急不可耐地说出了结论。

现在，在我们身边又出现战争爆发的迹象。不仅仅是国际形势，我们日本人的内心里也有此种想法。

对于国际形势，在前面一章里我已经表明了我的观点，但是我还是要对日本各位同胞呼吁。

现在的日本比战争前，不，应该是日中事变刚刚爆发时更加好战。

日中事变刚爆发时，许多民众并不好战，只是军部以及一部分好战者们在声嘶力竭地叫嚷。反战的平民百姓们被迫穿上军装，被送往战场，但还是无法完全成为士兵，灵魂无法摆脱平民的本性。

时至今日，人们一边脱去军装，放下武器，平民的本性却并未得到回归，倒是残留了许多军人的习性，在民主主义形态上充满了军国主义和好战情绪。

首先第一点，对天皇超乎人性的神化式崇拜开始复活。在已经不再是帝国主义，成为了民主民族的日本仍保留天皇诞生日这一节日让人不可理解，如果说天皇制是出于国内统治的一时需要，那就大错特错。

我本来也认为政治的权宜之举是合乎道理的。对于政治我保持中立，既不"左倾"也不"右倾"，但是在文学上却无法做到这一点。即使我赌上性命去寻找人类的终极生存方式，这也只是我的个人喜好，自杀也好，绝食也好，都不会给人带来麻烦。

政治就不一样，它会直接影响到全国民众，所以必须小心谨慎计算可能会给国人带来的得失。

人只能活五十岁，并且只有一次生命，人类的历史会无限延续下去。即使人类不会灭亡，只有五十年寿命的个体的人和历史性的一般人类是迥然不同的。

政治对历史性人物不会产生很大关系，往往仅关系到现实中只有五十年寿命的人的生活安定。

政治总是希望改变现实，但是不能急于求成，应该选择危害小的方式，一点点去改善。即使明白只有这样做才能成为理想社会，但是如果知道急于求成会给很多人带来极大麻烦的话，就应该克制理想，满足于朝着那个方向努力过程中产生的细小改善。

要逐步让生活在后世的人们过得更好，说什么靠我们的双手实现人类永久和平。其实这是对后代和未来的亵渎，各个时代的人们都会思考选择一种更先进的正确政治形态。

我个人觉得无政府主义是一种接近理想化的社会形态，我也明白共产主义社会比当今的日本社会形态更好，但是，这种转变不可能一蹴而就。依靠人类的善意和相互扶助，不再需要政府和官员，这是一种最理想的社会形态，但是不可能所有人都变成圣人贤者；对于是否所有的人都能变成圣人贤者，我也表示怀疑。但是，朝着这一最高理想，各个时代尽最大的努力去改变，不急于求成，一点点不断坚持向上，这才是最希望看到的一种政治。

更何况，革命和战争一时会产生巨大牺牲。

前面我从无情的历史角度，论述了战争的巨大效力；但是，这只是学者们在研究室里得出的真理，并不是政治上的真理。因为政治并不属于历史性的一般人类，它只关联到现实中只有五十年寿命的人群的现实生活。政治与真理、理性本来就相距甚远，现实中的政治只不过是朝真理和理想前进过程中极其渺小的一个阶段而已。

所以允许政治采用权宜之计，但是让天皇制复活则大错特错。

权宜之计只适用于一时，是人类用来改善和提高的手段。天皇制即使只是政府的一时权宜之计，却导致民间盲目崇拜，再次陷入愚蠢的军国统治黑暗时代，文化颓废，反而陷入统治支配人类的危险境地。这就等于为了挽救一个人牺牲多数人。

军人利用天皇制才导致了今天的悲剧，战败后，仅仅才过了三年时间，又重蹈覆辙！为了实现一时的社会安定，采用天皇制的确是方便之举，但是这种方便是一种罪恶，不懂吸取教训同样也是一种罪恶。

日本人不知道吸取教训，因为是地震多发民族就说地震是天灾，只要建造抗震建筑不就可以解决问题吗？还会有什么天灾呢？不知吸取教训，也不去努力和想办法，像从前那样不求改进，当然就是天灾了。难道天皇制也是天灾吗？真是可悲啊！所谓的天灾就是原始自然状态的意思，没有进步、改善和努力。都说日本人勤劳，不知疲倦地在被地震摧毁后的废墟上马不停蹄地重建家园，但是这和蚂蚁的勤劳又有什么区别呢？人不是虫子，却像虫子一样地辛勤劳作，真是可悲啊！

也许蚂蚁不知道吸取教训，但是人不一样，必须努力避免犯同样的错。

想出一个方便的权宜之举并不是坏事，但是这一方便之举的策划并没有经过任何努力，只是因为束手无策；并且无须花费任何努力，这样得来的方便之举就不是一件好事。所谓的束手无策就是不负责任，这群人承担不起责任，对负有重责的岗位是一种玷污，真是罪恶啊！

由于束手无策，不得不采用天皇制，这是一种不负责任、无智、无谋的行为。

另外一种无策无谋就是压制，对色情的压制，没有比压制更简单方便的手段，并且无须花费任何努力、费任何心思，但是不会带来任何进步。

目不识丁的军人们在战争期间滥用压制的手段，还自称是开化民族，真是荒谬至极！

要将色情升华为艺术的高度，重要的是需要努力和精心策划，这样的话，一些不实的评论就会隐身而退；重要的是想方设法与压制作斗争，这样才会有进步。滥用粗暴的压制手段只会导致停滞在愚昧阶段，无能无策和反文化就是最大的罪恶，简单粗暴的压制和反文化都是专政的，具有军人法西斯性质。

战败后，无数的废墟肯定难以立即得到复原，即使战争胜利了，要复原肯定也需要花费时间；对任何人来说，这样的重建都是极其困难的事。这种非常时期的罢工最好避免，在法国，共产政府不就曾镇压过罢工吗？

我并不喜欢罢工，因为我不喜欢社会生活里的斗争，"斗争"这个词语是描述社会敌人最好的词汇。

我认为：在资本家（或者民族）和劳动者的利益分配成为生活中最重要内容的今天，在社会的局部区域，通过简单的劳动法则来处理这一重大生活问题是不对的。

我认为应该在最高法院和内阁之外，再设立一个同等规格的劳动纠纷仲裁所，成立三个等级相当的最高机构。现在，法院具有地方和中央等完备机构，劳动纠纷仲裁所也应该在全国设立完备的组织，以此作为公正、最高、绝对的机构，将罢工这一好战手段从社会生活中抹去。

工资问题也成为当今个人最大的生活问题。依靠简单原始、好战的罢工方式来寻求解决，而不是去设立一个合理的机构，这太不可思议。不健全的调停机构只会使这一重大生活问题变得模糊不清，最终使罢工发挥作用，这真是文化、文明的耻辱。难道不应该设立一个与法律、法院同等规格水准的、具有调解权力的机构吗？

由于现实原因，以前没有过这样的机构，但是必须设法创设一个这样的必要组织以及对策。这就是所谓的文化和政治，必须结合现实情况，努力想办法创设；必须摧毁不求创新、愚昧、一味保守、不吸取教训、蚂蚁式勤劳的日本反文化性格。

非文化的保守性，反过来会变成轻率的走狗，展现出轻率冒进的外形。

例如落语家在战争期间迎合军部，埋藏起黄色笑话，高高坐在书场当中，扬扬得意地宣传军国主义；但是到了民主主义时期，又将黄色笑话给挖了出来，称过去是反民主的，曾不得不将其埋藏起来。真是不知吸取教训！这和蚂蚁式的勤劳没有差别，只是在原有的废墟上重建，与进步相违背，骨子里藏着永不可磨灭的保守反动性。

今年开始，相扑选手不再坐在坐垫上，改坐在席子上，又不是等待上刑场，让人觉得看起来不雅观。如果这样的话，兜裆布和丁髻最好也不需要了，甚至相扑这项运动也可以取消；只要这种两个巨胖无比的人在土俵和四根圆柱围成的比赛场地上一争高低的奇怪比赛方式仍然存在，就必然会附属一些古怪的仪式和礼仪，但是力士坐在哪儿并不会对民主主义造成什么妨碍。

为了保护人类的生活权利，承认罢工这种简单粗暴的方式是何等愚蠢。不去努力研究更好的途径，这真是世界奇观，应该会有办法制定出公正策略的。

我厌恶战争，所以也厌恶罢工。这不是孩子间的打闹，只要自居为文明民族，就应该会有更合理的手段。只要承认罢工这种简单粗暴、好战的方式，世界就不会有真正的和平和文化。

但是要镇压罢工也是很难的，不如设立一个合理、公正、完善的调停机构，给予在文化国度里与法律和法院同样公正严格的实权，确立保护民众生活权利的合理政策。

确立了个人自由和责任的话，这个世界理所当然就不会有战争，所有文化精神都是朝着个人自由和责任自觉性的建立方向不断前进的，但是日本的文化运动并不是建立在这一意识基础之上的。连文化团体之类的地方都充斥着官僚性、阴谋政治家的本性，缺乏热爱自由的公正精神。

　　日本在战争期间对每个人都有战时配给，但是没有个人自由，几乎没有贫富差距。这并不是人类的理想乐园，没有个人自由，就如同毫无意义的人生。

　　任何事情都不能强加于人，必须打出个人选择自由的旗号，当这个旗号名不副实时，就必须自行承担责任。

　　"是谁让女人变成这样？"所反映的无意识、不负责任、反文化的精神展现了些许对社会的反抗，即便是如此，又会有什么进步呢？不用去反抗这种无意识、不负责任的精神，任凭它去就好。

　　我相信只有一个场合可以允许斗争，那就是为了自由。自由本是有限度的，为了自由以及寻求合理的自由限度，在不同的时代大家都必须努力想尽办法，不是为了历史上的全人类，而是为了自己和他人的生存，并且这条唯一的道路也将进一步关系到历史的全人类。

　　国际社会与个人也是一样的，最终目标应该是寻求民族的自由和合理的自由限度。

　　很多场合，为了抵御他国的侵略而发生战争，相反日本侵略他国，蹂躏自由。今天个人所遭受的痛苦，在国际社会也是一样，侵略主义并没有销声匿迹。

虽然如此，我还是承认战争的效力，因为战争促使文化交流，其规模逐步扩展到全世界，最终成为一个单一民族。在反复跌宕起伏之后，最后必定是和平的降临。

总之，在世界成为单一世界之前，战争不可避免。只要收复失地、使民族血统保持纯洁等纠结、隔阂仍然存在，如此愚蠢的人类就不可能有挽救的时候。

但是，武器的魔力超出了人的想象，不能再轻易发动战争。到了这种地步，必须放弃战争，以和平、合理的手段一点点地踏踏实实地实现以前和平带来的效力。

战争曾在国际上带来过某种效力，同样人与人之间的纠纷促使今日法治民族秩序得以建立。

我认为：国与国之间的和平基础是单一民族的实现，而人与人之间最终要解决的问题可能是家庭问题吧。

"家庭"也是一个隔阂。从几千年的人类历史来看，"家庭"制度一直沿用至今，所以不能说家庭制度是合理的。

父母和孩子组成的家庭形态构成了全世界坚实的生活根基，如果违背的话，就会被视为扰乱生活安定和犯了通奸罪。

但是，我还是对这一家庭制度的合理性表示怀疑。

由于家庭制度，人类变成愚蠢甚至愚昧的动物，还号称这是伦理关系，是来自于本能的美。可以为自己的孩子牺牲，却不能为了别人的孩子，称这是人之常情。这种本能、人与人之间的情义真的是真实的吗？

从现实家庭制度稳固的历史地位来看，本能和人与人之间的情义看起来真的似乎是人类不可缺少的，据我个人考察，数千年留存下来的习性，不是一时就可以更改的。

家庭制度维护了当今的社会秩序，但是社会秩序又有许多的不合理和愚昧的地方，存在着阻挠合理进步的障碍，所以我持怀疑的态度。我认为家庭制度扭曲了人类社会，孩子不是属于个人的，应该是属于全人类的，属于家庭的孩子缺少合理、博爱和温暖。

没有了家庭制度，就会丧失现在所拥有的秩序；但是我相信，我们应该会拥有比这更好的秩序。

并不是说新秩序要尽快实现，也并不是说要一蹴而就，在实现世界变成单一民族的这一理想的同时，希望一种代替家庭的新秩序也能在漫长岁月之后逐步得以实现。

我认为：作为一种最终理想，孩子应由民族来抚养，我觉得这才是理想社会的基础。

新的社会秩序将使众多的罪恶、愚昧、不幸和不合理消失，由博爱和秩序的合理性取代人情，正确的理性将代替本能的愚昧成为生活的主体吧。

人类将从个体历史中解放出来，在人类本身的历史背景下，不再拥有家庭的历史，这样将会有更多的正义产生吧。

战争永远结束了，我们能走的路唯有重新建设。让一切恢复到从前的样子并不是正义之举；必须懂得吸取教训，朝着理想一步步努力，将我们的社会改造得更好。

我还是要说，战争起到的作用是巨大的，并且对于未来所起到的作用也同样是超凡的；也就是说要建立世界单一的民族，建立新秩序取代家庭制度。

　在战争已经结束了的今天，战争对于未来可能产生的作用，必须通过和平手段一步步、踏踏实实地去实现。

　因为是旧事物就认为是正确的，真希望这种愚昧的想法不复存在。

孤独閑談

餐馆二楼，除了我之外，还住着一个游手好闲、没有工作的洋服裁缝；他患有心脏病和脚气病，额头常年冒着黏糊糊的汗。交房租时，嘴里总是嘟囔着"真想死了算了！"在楼梯间上上下下，对餐馆老板家的女儿离家出走这件事，他断然地认为：不应该让上女校四年级的孩子去送便当。并认为：这样年纪的孩子做这种事情，在路上碰到朋友的话，会觉得不好意思，所以会变得放荡。既然让她上了女校，可以让她做厨房里的事情，让她去送便当太不合适了，所以才会变成不良少女。我不禁感慨：人们都是根据自己的生活经历来理解别人家发生的事情的。

这个女孩十七岁，虽说是不良少女，但还做不出什么无法无天的事来；只不过正值固执轻狂的年纪，做出来的事有些不合常理；性情也很好，不乖僻，只是对"爱"充满向往。也许这是家庭关系造成的。

女孩是餐厅老板娘姐姐的孩子,三岁的时候被领养过来,他们到底是不是真的疼爱这个孩子,这个我不得而知。后来找到离家出走的女孩,把她拽回家后,他们要让我查清楚她是不是在外面有了男朋友,是不是还是处女。女孩以前也离家出走过一次,那时是偷偷地躲在咖啡店工作,说不想再待在家了,那次倒相安无事。但是这次,女孩的态度好像更加坚决,对父母充满敌意,对他们的提问闭口不答,全身上下写满了敌意;如果在外面不是有了投靠之所,是绝不会这样做的。她只是始终保持沉默,没有流一滴泪,她的父母没办法,只好来求我。

当我听到"处女"这个词时,着实吃了一惊。这个词体现出了强烈的动物性的意思,与身为男人的我所认为的女人各种场合的"处女"完全不同;这只是一种父母一心为女儿祈祷的"处女",能让人感受到诸如信仰般的强烈祈祷。对于没有孩子的我来说,这实在是一个出乎意料的词,因为它让我觉得这是人类最具动物性的东西。人毕竟还是动物,这种包含本能信仰的神秘依然存在——我吃惊地看着这对父母,不,应该是我目瞪口呆地看着眼前这两个动物,这种说法更为贴切。

我不得不把女孩叫到我的房间里来问问情况。她说男的是立命馆大学的预科生,姓山口;说即使是死也不会再留在这个家,看来她的去意已决。

我如实告诉了她的父母，事情已经无法隐瞒。既然这么厌恶这个家，也是彼此无缘，倒不如撒手放她自由，我记得我是这样表述自己的意见的。可是这对父母根本就没有听进去，一听完我的话，他们那为人父母、动物性的思考立即中断，恶狠狠地怒目相瞪。

"真该早点儿把她卖了当妓女就好了！"

父亲嘴里冒出这样一句话来，母亲没有做声。也许是父亲在情急之下说出来，而主妇是在脑子里想出各种可怕的事情而一时说不出话来吧。

父亲对孩子只想到了这么一句简单的话。原本也是女方姐姐的孩子，并不是自己亲生的，对孩子的爱是次要的，亲子关系极其简单——把她养大，以备养老。他不停地唠叨："白白送给一个身份不明的男的，真是亏大了！真是傻啊！""吃亏上当"这一执拗的想法如魔鬼一般萦绕在他的脑子里。

"明白了！太谢谢您了！放她走算了，哈哈……真是个狠心的人啊！"主妇一边苦笑，一边这样说道。刚说完，突然脸色变得苍白，对着我和她男人唠叨起来：

"畜生！不狠狠揍她一顿，真不解气啊！"她脸绷得紧紧的，咬牙切齿，怒目上挑。

"即使把她卖了当妓女也解不了气啊！"

这就是属于动物本能的信仰和祈祷，我对此难以理解，完全不知如何招架。也许他们气消了之后，想法又会发生改变吧。所以，在他们气消之前，我让女孩暂时待在二楼，让她父母不要上来。

但是这并没有起到任何作用。谈话结束后，我正睡午觉，睡得迷迷糊糊的时候，主妇偷偷地跑上二楼。我突然听到如轻风般的尖叫声，争斗好像很厉害，但是声音很小，呼吸声犹如气喘吁吁；只听到女孩断断续续地发出如树枝折断般的尖叫声："好痛！好痛啊！"我只好从被子里爬起来向隔壁走去。

我一看，根本无法劝架，只能呆呆地站着。主妇骑在女孩身上，扯住女孩的头发，用力地到处掐她的身体（或者可能只是身体的某个部位）。女孩好像被掐中了要害，痛得嗷嗷大叫，但是依然充满了敌意，咬紧牙关，没有丝毫畏惧的样子；断断续续地发出气喘声，全身痉挛般，无力地扭动身体。我是第一次看到女人间的厮打，和用力殴打的恶斗有着根本的不同。平常并没有进行过打架的训练，却出于本能去攻击对方的要害，的确如同动物间的混战一般。

几年前，我住在乡下，也是一个中午午睡的时候，突然听到窗户附近的一棵梅树上响起蝉的悲鸣声，其中还掺杂着拍打翅膀的声音。因为妨碍我的午睡，以为是蝉被蜘蛛网缠住了，想放它出来，于是伸头往外一看，大吃一惊。在梅树上，一只螳螂死死地压在蝉的身上，并且咬住其脑后部，看来那里是要害。蝉渐渐地没了力气，和螳螂一起掉下树来，保持原来的姿势一动不动。我十分吃惊，因为蝉的个头要大得多，并且骨骼宽大，但是螳螂生来知道其要害。我曾认为动物是难以揣测的怪物，但是看到这对母女打架后，这个主妇完全如同那只螳螂。

突然，房间里响起女孩的爆笑声，一种让人作呕、感觉让身体化成暴风般的哄笑，无法简单地用"发狂"这一词来形容。这种尽情的狂笑好像在说："你知道吗？我弄丢了你最重要的东西，看看你狼狈的样子吧！""是不是这个？"主妇也咬牙切齿，发狂般地叫着，突然从女孩的卷发里拔出一个发卡，反过来拿在手上。我抓住主妇的手反拧过来，又狠狠地用力把她赶下了楼。之后，女孩还是哄笑了五分钟左右，到她房间一看，她仍是一副被主妇压在身下的姿势，然后她仰面朝天，一边发出震动房间的爆笑，一边左右不停地来回翻滚。

第二天傍晚，趁着父母去送便当，她拎着一包衣服，消失得无影无踪。

女孩第一次离家出走的时候，她父亲跑上楼来求我帮忙找找线索。那时我正生病，即使没生病，也没心情去打听不良少女的行踪，于是对他说："有一个刑警经常会去餐厅二楼的围棋会所下棋，会写俳句，人很老实，可以去拜托他看看。"但是，他很是惊奇地在我的房间里四处乱看，好像没见过般，好像有生以来第一次从窗户远眺比睿山般，"先生，那山上好像有个红色的东西，是什么呀，真太……"不说到我点头同意，他就不肯走。无可奈何，我只好拿出一大堆女孩的信来找线索。

　　我第一次看不良少女们写的信，着实吃惊意外。女校四年级学生的书信内容，到底会是什么呢？读过信之后，简直封封令人心寒胆战，觉得自己的常识是那么可笑。里面有一些交易性的书信："与在庙会节日上连续跟踪了三天的预科生交往后，觉得他极其讨厌，已经厌烦了。之前你说他像男子汉，好像很是羡慕，我就把他让给你吧，但是你可不可以把初中三年级的那个男孩作为交换？"还有些诸如："下次我会在滑冰场（信中频繁出现这个地点，可能是四条河原町的那个滑冰场，看来是不良少女们交易的地方）把初中四年级的那个男孩介绍给你，你不要再暗送秋波了。你抢了我的男朋友，我一定要报仇！"这样内容的书信，都是不良少女间的通信。没有一封是男的写的，只有十来封来自护士和有落款的长信不是不良少女写的；还有几封写得非常细腻且充满深情，"只要你的影子一出现，我就幸福得睡不着，一起走过的公园和街道的风景都变得与众不同"，描述自己强烈的感情，以及像日记般报告自己在医院乏味无趣的生活，记述了林林总总发生在医院病人、同事、医生身上的事。

　　我被这些信给骗了，当真以为都是些行文字迹拙劣的女人和同性恋们来的信，后来仔细一查，都是初中五年级的不良少年。也就是说，关于医院的细致描述都是蒙蔽人的伎俩，没有任何意义，只有在最后一行写有何时何地见面才是最重要的信息，而且根本不是医生的孩子，而是木匠的小孩。不良少年都能写出这样的书信，真不知写有暗号的外交书信，是运用了怎样的策略。

这对夫妇死缠烂打地不停恳求，最后走投无路，我只能向以前是ＪＯ摄影所的剧本创作——三宅君求助。于是以书信为线索，我们开始了对整个京都不良少年的逐户拜访，最后每到一个地方，我们都惨败而归。都是些十七八岁的姑娘，她们穿的白色校服让我们生厌，并且个个谎话连篇——不良少年也是如此。但是不良少女表面上不动声色，答非所问，对女孩离家出走表达出措辞优美的安慰，表现出主动出谋划策的关心；不知不觉就偏离话题，说出其他一些让我们吃惊的事情。这些事情似乎也挺重要，但是和离家出走没有丝毫关系，只是想说明这个女孩是多么的纯洁无邪。说话完全没有涉及女孩的离家出走行为给他人带来的麻烦，是一种思考欠妥的行为。不良少女都长相可爱，都像良家女孩，甚至有的非常有教养，其中也有高贵美丽的。但是因为我们已经破解她们的秘密通信，她们何时何地干了些什么，我们都了如指掌，不会那么轻易上当。但是，她们都像事先约好一般，措辞优美，表现出亲密的感情，若无其事地不断地告诉我们一些令我们咋舌、重大非凡的事情（包含有重大人生意义，无法在此写出来），综合起来就是：巧妙地为自己辩护。

决定性的孤独性格和若无其事地对他人背叛，我虽然生气；但是从这种轻易放弃与生俱来的纯真天性的姿态中，有时能感受到虽说她们年纪不大，却是一些快要觉醒的女人。

第二天一个美丽高贵的女孩，穿着友禅染的和服，手拿花束再次登门来慰问。并且特意把我叫来，主动说出许多秘密，最后好像似乎只有她自己是个好人一般，非常尽兴满足地离去。对于这个女孩将来的人生，我们心生悲哀。我不禁为此哀叹，在摄影所教艺员们戏剧史的三宅君也感叹："和这些不良少女相比，女演员们的演技要拙劣得多。"京都在那年之前禁止吃河豚料理，但是四条町开了第一家吃河豚的店。那晚我俩第一次去那儿，喝得酩酊大醉，胡喊着要他们拿出河豚会致人死命的部分来。

　　最后，我还是没有弄清他们亲子感情的真相，因为无从判断。少了一个家人，即使是去出门旅行了，也应该会像身体少了一部分一样感到寂寥的啊！但是，曾经是三口之家的餐厅一家，唯一的女儿离家出走后，我并没有发现由此造成的缺失和寂寥感。有时主妇会嘟囔："真是个蠢蛋，她不在，感觉真没劲……"男的就会厉声说道："算了，别再提她了……"这就是女孩离家出走后的情景，这根本不是演给别人看的，而是一个女儿离家出走后的黑暗清晰地飘浮在眼前——但是，我还是不能深深感受到家人缺失后的巨大空虚和寂寥。

　　很长时间后才感受到这对餐馆夫妇是真正的夫妇。老板虽说是六十三岁，但看起来像七十三岁，可能更老；身高不足五尺，门牙脱落，大大的虎牙向外突起，面色黝黑，爬满粗条皱纹，长着一对沙眼。他常年扎着一条邋遢的腰带，一边用袖子擦着鼻涕，一边赶路送便当。在街上走路时倒不怎么看得出他累的样子，一回到家就显得筋疲力尽，在餐馆里来回走动，发出疲累的呻吟声；从坐着的地方爬着去拿放得稍微远的报纸、香烟，然后再爬回来。

主妇四十三岁，看起来和实际年龄差不多，但是和丈夫比起来，就像女儿一样。她长得有几分姿色，个子有五尺四多，身材苗条，红色的卷发扎成一个慈姑形状，总是像一匹彪悍的马一样，在厨房里声嘶力竭地任意驱使男的。她容貌长得还秀丽，只是干瘪的胸部缺少女人味；动作气质都不温柔，并且还常说出一些莫名其妙的怀旧往事，或真真假假的怪话："我是个弱女子，胆子小……"让人听了倒胃口。

我不是很清楚两人是怎么开始同居的，听说以前主妇是个店员，老板花言巧语把她给弄到手；然后抛弃了自己的妻儿和气派的店面，开始经营这家便当店。那时的他可能是个满腹热情的人吧，但是现在丝毫看不出来，剩下的只是一副快进棺材的丑陋老朽之躯。

餐馆二楼的围棋会所和常来吃饭的客人们，当着老板的面也叫他"老棺材"，每天至少会有一个人这样说："一只脚都已经跨进棺材了，还活着，真是命硬啊！"嘲笑他说："你就干脆点儿走吧，不用担心身后事了。"这都是些玩笑话，并没有恶意，也许是想夸他的老婆好看，或羡慕他有这么好的艳福。但是，男的死了的话，会如何呢？有一个名叫石屋的长得像头猪的伏见人，每个月都会来喝一次酒。十五年来他这个习惯一直保持到现在，并且从早上一直喝到深夜长达十五六个小时，看到老板还活着就回去。还有一个来稻荷山巡查的摊贩头目，有时会带着一群人来，这时主妇就会马上化妆，不让外面的客人到里面房间来。头目快要喝醉的时候，其他人就散伙回家；老板也退回二楼围棋室下棋，沉默不语、目不斜视、没有丝毫的举棋不定。棋客对此有所察觉，问道："又是那个客人？"但是没有人会同情，也没有人会担心。大家都觉得：这个老板有这么一个不般配的女人，不变成这样才怪呢。

　　如果老板死了的话，或许这是主妇最希望的吧。但是，如果老板真死了的话，她又会完全没有了自信吧。她明白：胖子石屋也好，摊贩头目也好，都不值得她托付余生。所有成人都深知世事的辛酸，所以对成人和老人都本能地怀有憎恶感，所以她会对铁路上独身的年轻工作人员常客很热情，会很关注女婿。实际上这不是为了女儿，而是她最大的一个安慰，但是她也明白这不可能给自己的未来带来真实的光明。他们夫妇也曾给我介绍过对象，那时主妇总是对我这样说："随便找个女人就行了，再过五六年，你也老了，一个人孤寂可怜，是很难活下去的。"或许主妇对此深有感受吧，人对年龄具有思考，我也能感受到：独立于头脑思考之外，年龄自身也会思考，进退两难的黑暗中，思考本身具有一种如同肉体般重量的东西。老丑的恐怖开始一点一点清晰地展现在主妇面前，随便什么样的男人都行，"老棺材"也无所谓，总之必须有所依靠；因为这个男人以前发狂般爱过自己，虽然对他又憎又恨，但是还是要依靠他。这不是发自感情的声音，而是开始衰老的年龄和肉体的声音，最大的不幸是在祈求男人早点儿死的同时，又摆脱不了对他的依赖。

主妇曾说过，等女儿嫁了人，就安安静静地度过晚年。其实这是谎话，主妇满怀热情却不得不苦闷挣扎，进退两难。"不要说得那么轻松！"我经常这样冷漠地看着她，她也觉得无可奈何。我不知道她有多么爱她的女儿，也不知女儿出走之后，给她带来了多少寂寞感，也许这种对无常人生的荒凉心事是我无法知晓的吧。但是，这种寂寞到底达到了怎样的程度？只有自己才能知道。情绪上的问题是微不足道的，在餐馆里不能明显感受到女儿出走后的空虚，只有这个四十几岁女人的肉体变成亡灵般笼罩着整个空间。

大概十天后，女孩的影子又神奇地出现了。

像上次一样，老板又勉为其难地拜托我和三宅君去相关地方找了两天。我们来到立命馆找名叫山口的预科生，因为有两个朋友在那儿当老师，我们得以看了所有的预科生名册，还是没有找到。正当我们一边念着名字一边仔细查找的时候，一个不知教什么科目的大个子老师很是担心的样子凑了过来问道：

"什么时候离家出走的？"

"昨天。"

"那还来得及。"这个老师斩钉截铁地说道，"得马上去神户和下关贴寻人启事，这样的话就能找到。"他自言自语道，然后马上就往那边出发了。我们围着不良少女的老巢——饮食店找了找，有一个曾经也是不良少女的女服务员，以前是女孩的大姐身份，的确老练，不仅让我们明白她不是个坏人，还告诉了我们一些真实的事情。据她说，这个年龄的不良少女只是常和男的玩玩，很少会有发生肉体关系的，她们会本能地躲开危险男子，并且，即使发生了肉体关系也不是什么很不可思议的事……她看着我们说了这番话；据她所知，女孩交往的人当中，有两个男的可能性较大，并把他们的住址和姓名告诉了我们，这两个人住在京都的各两端，一个是预科生，一个是中学生。在我们谈话的时候，来了两组她的常客并频频向她示意，她却像没看见一样，仍然详细地向我们讲述不良少女和少年的内幕。临走时她对我们说："真是让母亲担心啊！如果不忙的话，我也想和你们一起去找啊！"她没有让我们付账单和小费，让我们觉得这是一个很值得信赖的人；但是后来听女孩很冷淡地说，她其实是个狡猾奸诈的人。

　　按照打听来的线索去京都城外搜寻，那天刚好是除夕，满街都是充满年味的装饰，要隐蔽在这些装饰之下威胁哄骗不良少年，还真是做不出来。我说道："光是找一个人就已经厌烦了，还是算了吧。"三宅君也表示赞成，笑着说："如果是不良少女的话，还能出去找找，但是觉得有种异样的失望，笑不出来。"三宅君新年过后就要入伍，那天晚上本来要与立命馆的老师福本君和山本君共四人为三宅君开饯行酒会的。我们在京都郊外四处打听后，疲劳困顿，赶到会场时已经迟到多时。京都有这样一个习惯：从除夕深夜到元旦早上这段时间内，将八幡神社的火引燃到三尺长的绳子上，晃动并不让它熄灭，然后拎着它带回家，在新年第一天时用它来点燃炉火。喝得醉醺醺的我们到外面一看，道路两边全是拎着火绳的人流。以前我不会为没有家而感到痛苦，不知为何有一种强烈的无家可归的感觉。福本君大声叫喊道："走！去有匪徒的酒店开开眼界吧！"蜿蜒的火绳队伍在我们身边行进着，我们拐入一条酒店鳞次栉比的小巷，大发酒疯地喊着："有匪徒吗？快给我出来！"这是一个散漫的元旦，那天之后就没有再去搜寻过女孩的下落了。

找到女孩的是木工师傅家的一些人，和前面说的"护士"是一家人。当得知儿子做出的丑事后，他们来上门道歉。女孩的男友是一个粗鲁无用的学生，挨过护士、医生的打，由于有此层关系，所以非常简单地就找到了。

那天是三宅君入伍离开故乡的前一个晚上，我和三宅君坐在里面的房间一起喝酒。就在那时，木工一家带来这对男女，一大群人蜂拥而入。酒席变成了审讯的地方，两人极其冷静，冷峻的眼神盯着别处，木工一家讨伐声一片，就差狠狠揍男孩一顿，喧闹嘈杂，即使我像主人般去调停也解决不了。后来火车快开了，三宅君急急忙忙赶往停车场，最后我也没能去送一程。

坂口安吾

男孩二十一岁，中学四年级时退学，干起了拍摄名胜古迹的工作；后来回家后又重返学校，但是由于拖欠学费，现在处于休学状态。我将他们两人单独叫到一个房间，得知他们才认识两周。一个晚上，女孩在滑冰场玩到很晚，回家的话怕会挨骂，正一筹莫展的时候碰到以前认识的三个中学生；受邀去他们的住处，却被他们强暴。第二天一早，在一片混乱的状态中，碰巧男孩来了。男孩是这三个中学生的领头，他把女孩带回自己的住所照料并不断鼓励她，在那里住了五天。男孩并没有对她施暴，身体恢复的女孩于是产生了一直待下去的想法；她是在出门买东西的时候被抓回了家。当时我也问过情况，只是那时女孩的心意已决，第二天早上瞒着家人，拎着一包衣服投靠了男孩。

只有我知道事情的始末。木工一家大骂他是坏人，但是男孩没有争辩一句，对着父母有礼貌地道歉。这个男孩好像几年都没刷过牙一般，口臭很严重，除此之外没有什么不好的印象；而且眼睛深邃清澈，不带胆怯、狡猾和情色，充满了下定决心、全力以赴的气概。他的眼神让我觉得少有的清澈，长相帅气精悍，像南方人。

女孩将自己的身心完全奉献给了对方。我还没有看过这么死心塌地的女孩，可能在成人的世界里是不会有的吧。这让我不禁想起十七岁的女孩和八百屋阿七①。

---

① 日本江户时期一个蔬菜店姑娘，因火灾在寺院避难，与寺内的小和尚相遇相爱，因欲与小和尚再度相会，放火烧毁自家房屋，后被处火刑。

我让男孩撇开整个事情的前因后果，回去再重新慎重考虑一晚上，如果真的还是想和女孩结婚的话，就明天再来。男孩回答说：明天不来，后天再来。

后天男孩如约而至，拿出学生证，日期还是崭新的。原来他回老家筹钱，缴纳了拖欠的学费，领来了学生证，还是一个二十一岁的预科生。我从来就没有认为两人的感情会永恒，但是我想如果是这个男孩的话，即使两人生活持续不了多久，女孩还是可以从两人的生活中带走一些珍贵回忆的。我下定决心说服她父母，他们也只能默许。女孩带着一包衣服离去，只有我为她送行。

此后，她来信说想要衣服，我给她送过两次。她一次都没有提过自己舍弃的破旧的家，还有父母。说实话，如此的冷漠，让我有些感动。

在我快要离开京都的时候，收到她的第三封来信，希望我给她送最后一些衣服。她妈妈一直说不愿再见女孩，就当她已经死了，却突然说要和我一起去看看。我虽然不赞成，但是也说不出拒绝她的话来。那时女孩住得离银阁寺很近，是位于田地里的一间屋子里。主妇在前面的一个街区等着，我去送行李。当我告诉女孩她妈妈来了的时候，她的脸和全身因为恐怖变得僵硬，战战兢兢地问会不会到房间里来，看不出她有丝毫的想念。我没有向主妇报告任何内容，和她告别后，在银阁寺转了一圈，觉得银阁寺的庭院就像盆景一样，没有什么欣赏价值。

坂口安吾

　　我从不觉得这是多管闲事，反而充满自信，不是对两个年轻恋人的未来，对此我也没有觉得要负什么责任。但是，对餐馆里无处不在的主妇的肉体亡魂却很有自信，情绪是微不足道的。她偷偷躲在远处看着在银阁寺附近的女儿的住所，心潮澎湃得热泪盈眶，这种事情让人倒胃口。那里不是主妇待的地方，她的血液在餐馆里沸腾翻滚，亡灵因不停地诅咒和忏悔充满了憎恨，我对他们深表同情，尤其是老板。离开京都的时候，主妇从火车窗户扔进来糖栗子和八桥饼。就这样我告别了京都，再见了！可怜的人们！

学习记

勉強記

勉強記

　　大地震后的第三年，最近生意兴隆的公寓在那时开始流行起来。那时年轻人像着魔般被《资本论》吸引，生活形式和内容面临巨大转变，"近代"和"当今"即将到来。
　　涅槃大学是一所不用经过入学考试就能就读的学校。该校的印度哲学科来了一名叫栗栖按吉的学生，此人外表极其冷漠，就像一股青烟般渗了进来。他戴着一副高度近视眼镜，表情沉着冷峻，好像总在思索着什么，但是近来没有比这副"沉思型表情"更流行的了。当今聪明机灵的人是不会有如此表情的，说得不好听点，人类最小的房间——即便是丰臣秀吉，也不会将它改建扩大，不知施了何般魔法，在那段空虚的时间里，使人处于一种吃惊的、苦思冥想的心理状态。聪明伶俐的人在走投无路时也会出现此般表情，但是这间房间小得绝不会同时存在两个人，所以，这副装模作样、摆架子的表情恬不知耻地暴露在人们面前，的确是件不体面的事。所以那些想看"沉思型表情"的人最好去精神病院，在铁窗里面有许多深思多虑的人，他们的性情和容貌得到承认，并接受着幸福的保护。

但是，偶尔也会有人看到栗栖按吉这副深思多虑的表情时，会吃惊得一时合不拢嘴，倒吸一口凉气；因为有这般表情的人应该待在监狱的铁窗里面才对。

而且这个男人还没有完全进化干净，我们人类是数万年前从大猩猩和黑猩猩进化过来的；而此人的祖先可能是刚从二三百年前的刚果热带丛林慢慢进化过来的。大家都知道：大猩猩、狮子、蟾蜍都是一副深思多虑的长相，这种长相太过危险。将其放到动物园的铁笼外散养，涅槃大学印度哲学科不堪其害，苦于想不出好的办法来，最终不得已突然对着这种长相的人扔炸弹，疯狂扫射。温和善良的和尚子弟对这一怪物的加入显得害怕不已，至今仍感叹：即便会得神经衰弱也应该去上有入学考试的学校。当栗栖按吉向他们打招呼时，他们会吓出一身冷汗，惊慌失色。读者们也知道：蟾蜍和大猩猩是不会跟人打招呼的。

没有人知道这个叫栗栖按吉的男人在此之前的经历，我也做过一番调查，但还是不得其解。据说他今年二十一岁，前年在离大菩萨岭不远的奥多摩山中有一个掘立小屋，是一个梦想家想把奥多摩高原变成牧场，为了在山岭和山谷间放牛而建的；但到处是一片空旷的原野，看不到一头牛的影子。他把这间小屋租下，吸雾食叶，用弓箭击退鼯鼠，做杂烧煮，他发觉一个月只花五日元也能过得很开心，带着一副故作深沉的表情在深山中散步、看书，让人难以想象。小屋没有灯火，天黑后只能睡觉，但是这个男人有一大惊人发现，在他睡觉的正上方的一根梁木上，每晚都会缠绕着一条蛇，白天却不见蛇的踪迹，但的确是蛇睡觉的地方。不可想象：蛇如果没有缠绕好，或做个噩梦从上面滑落下来的话会是怎样。这个男人并没有领悟到这一点，躲在漆黑房间的一个角落，懊恼不已。几天之后，从山中消失踪迹，在那之后到进涅槃大学之前这段时间，没有人看到过他。

涅槃大学印度哲学科有三个学生，除了栗栖按吉这个怪人外，其他人都是身心健康的小和尚。

和尚的小孩进入大学做的第一件事情就是留长头发，有的人不理解为什么要涂那么多发蜡和戴帽子。但是一件不同寻常的事发生了，突然有一天，栗栖按吉剃了一个光头来上课，这种精神体现了热爱革命，十二个人悲愤异常。

真是太可悲了！栗栖按吉戴着一顶小学一年级学生大小的帽子，帽子里面塞了三天量的报纸。按吉一走进教室就慢慢摘下帽子，因为没有手帕，于是从口袋里掏出手纸擦起光头来。

栗栖按吉剃成光头并不是受到热爱革命精神的影响，有他自身的理由。当时正是初夏，如果没有头发的话肯定会很凉爽，一天早晨按吉觉得自己头上有雾霭，不清爽，当时他也有点神经衰弱。人类的确比大猩猩和狮子头脑聪明，谁也没有听过大猩猩和狮子会去理发店吧。所以必须剪头发，不，应该是剃头。这样的话就一定会使自己变聪明——理发店师傅犯难了，剃刀变钝了的话，得花三天来磨。于是说道：

"先生，可能会伤到您的头啊，头像南瓜一样不平呀，哈哈哈！"

"我会忍住的。"按吉冷静回答道。他想头上有头盖骨，剃头和用锤子敲头是两码事，不用担心会伤及智力，一副怡然自得的表情。剃头师傅侧向一边狠狠吸了口气，心里狠狠地说道：你这个蠢货！你给我记着！看我怎么在你头上弄出十来个伤口来！

话说回来，栗栖按吉发现了一个奇怪的现象，头上没了头发后反而感觉更热了，这话说出来谁会信啊？因为一般情况下的出汗，到了光头的头上那就是汗如泉涌，流到眼睛、鼻孔、嘴巴、耳朵里，更是不断流向背上和胸前，头就仿佛变成了一个水罐。

人体最容易出汗的部位是哪里？头部！头发存在的作用是什么？就是阻止汗的下流！医学博士和生理学家都不可能知道这一点，因为他们有头发——太过于计较栗栖按吉的解释的话，我也要被认为是蠢蛋了，还是赶紧往下看吧！

什么样的老师没有存在的意义呢？学生的知识比自己更渊博的，还有就是涅槃大学印度哲学科的老师们。这里的学生对老师的话都充耳不闻，但是老师对此并不介意，因为这里的老师是靠嘴皮子领薪水的，而不是靠教授知识。

这么人情淡薄的教室里怎么可能有学生会认真听老师的话呢？实际上可怜得让人惨不忍睹，大家都极力堵住耳朵，奋力抗争不去听老师的话。根本不知他们到底为何如此，起初让人觉得他们是些愚蠢到无药可救的家伙，来学校到底是为了什么？真是太不像话了！我不禁脱口想说：比起物质的贫困，没有比精神上的贫困更凄惨的了。所以老师们失望难过，学生的本分是什么？学校的精神是什么？要光明磊落，不能这么凄惨，要保持高尚崇高的精神。

栗栖按吉就是唯一一个这么可怜的学生。

终于明白：这个男人只有一个用处。涅槃大学印度哲学科的老师们，有时即使故意迟到三十分钟进教室，教室里也没有一个学生；这些小和尚毕业后不用找工作，对世袭的职业也没有热情和兴趣。按时间领取报酬的老师们整整四十五分钟时间待在空无一人的教室里边打瞌睡边哼小曲打发时间。于是教务课长叫来班长，在表示同情并理解他们的立场的同时，建议通过抽签的方式来决定上课出席的学生；也就是说每堂课必须有一个学生出席，这也是学生的义务吧，栗栖按吉所在的班级应该不会有这样的担心吧。

小和尚说因为已经布施了，所以不去上梵语和巴利语这两门课。但是栗栖按吉却对这两门课十分有热情，据说每天花七八个小时查阅语法书、翻查字典。梵语课老师非常和蔼，在新学期第一天新生入学的时候，亲切地看着大家（只有这时全部出席），说了这样一番话："梵语即使学很多年也学不好。四五年前有个热心的学生，现在还来向我请教，他从早到晚学梵语。但是梵语要学到能翻阅字典就已经很辛苦，很多单词并不会出现在字典里。他称我为梵语学者，真是不敢当，所以我还是劝大家不要勉强学习梵语。"话说到这种地步，还是坚持要去上梵语课的人，肯定不是蠢蛋就是不知礼节的无赖。

但是老师人很好，到了第二学期即使只有一个人来上课，也不会生气，总是笑容满面地讲课，但还是让人有点害怕；因为这个男生会摆出一副百思不得其解的表情来问问题，只要他抬起头来准备开口时，就像受惊般地转移开视线。

梵语和巴利语的确很难，法语的动词有九十几种变化，但是梵语比它还要难。因为后来栗栖按吉也学了法语，这个蠢笨的人最后也不得不放弃学梵语。相比梵语，法语中动词的九十几种变化简直太简单了，除了背没有其他任何办法，所以栗栖按吉对那些想学法语的人说：学一年梵语之后再学法语吧，那样就如小菜一碟了。

梵语的名词、形容词都会随意变化，毫无规则，所以查不了字典。

按吉不知从哪儿弄到一本英国出版、价值为六十五日元的梵语字典，因为没有日本出版的梵语字典。把它放在膝盖上查阅的话，膝关节都会疼痛，肩膀酸痛甚至呼吸困难。这么一放就是五小时，头昏眼花，简直是项体育运动。想要查的单词查不到，全身疲累，感觉非常辛苦。除了记单词外，还要进行更为实质性的学习，就像肉体和字典融为一体，感觉宏伟无比。

在按吉的桌上有一本好不容易搞到的《拉加瑜伽》的梵文本和英译本，半年来只看到第一页，因为第五行后就看不懂了。

老师人很好，常常会安慰按吉，笑眯眯地说：

"也许不久就能看懂原著了！"

"还是很难啊！"

在按吉看来，花上六七个小时翻字典好不容易查明一个单词的意思的话，简直可以高奏胜利凯歌，所以知道此后即使付出更多的辛苦也未必能读懂原著。老师看到按吉一脸苦闷的表情，安慰道：

"不，梵语学到那种程度就可以了，大家都是一样的，即使是学个五年十年，还是会有查字典也找不到的单词。"

这番话更让按吉心中没有把握，他还是无法释然而笑。老师看着这个愁眉不展的学生，继续说道：

"梵语还算好的，藏语的话，跟山口惠海老师学了整整五年，由于它的单词变化极其不规则，现在还不会翻阅字典；即使是这样还是在东京帝国大学授课，非常痛苦。"

原来老师在东京帝国大学当藏语教师。因为老师总是一副笑脸，愁容满面的按吉渐渐心情好了起来。即使对语法一知半解，字典也不会查，也能在东京帝国大学当讲师。或许藏语和梵语这种语言即使不会查字典和念，最终也能读懂吧，并且栗栖按吉在还不太会查字典的时候，就感觉可以大致读懂原著了。

就在那时，栗栖按吉遇上了一名不可思议的学者。

这名学者是加勒共和国拉丁大学的毕业生，是名语言学家。据说懂东洋二十几个民族的语言，名字宏伟大气，名为鞍马六藏，一副机敏学者的派头，身高不足五尺。

鞍马老师隐居在追分的一套两居室里，有数千卷藏书，每天早上用脱脂棉蘸上酒精认真地擦拭书籍。因为最近鞍马老师患上梦游症，在夜间无意识地四处行走，朝珍贵的书籍撒完尿后，继续睡觉；早上起床后非常吃惊，于是用酒精擦拭书籍。梦游倒也罢了，令他悲痛的是自己竟向珍贵的书籍撒尿。只要晚上不上厕所就好办，所以这个老师到了下午就不喝茶，并且在房间的四个角落都放上尿壶，但是由于处于无意识当中还是会朝书撒尿。最终他不得不决定吃生的马肉和海狗肉，还有生的赤背蛙，但是内心还是非常抗拒。由于违背自己的意志，在人体中引发了激烈的争斗，"到底吃哪个呢？"在前后两者间进行艰难选择的老师显得不知所措，内心矛盾苦闷。

孤独的老师一心想招个弟子，但是像波斯语、安南语这种语言，即使是老师付报酬也没人愿意来学。所以他对栗栖按吉这个唯一选拔出来的弟子更是倍加赏识，比起涅槃大学的梵语老师来有过之而无不及。

对栗栖按吉的梵语能力进行测试后，他斩钉截铁地道：

"能学到这样的程度，看来你真的有学语言的天赋啊！"

这个老师和涅槃大学的梵语老师不一样，总是板着一副脸，所以让人觉得他说的是真心话。

"拉丁大学里聚集了全世界的天才，里面就有和你水平差不多的男生。一年左右的时间就能学到那样的程度的话，你可以成为日本的梵语家啊！"

老师的话让他对许多事物有了亲近感，好像和拉丁大学的天才、安南的哲学家和尼泊尔国王之类的大人物都变成了朋友一般；老师也一副"日本的梵语学家都不如我弟子"的得意神情。

老师对按吉说对他期望很大，要教他藏语；说二十一世纪要学习佛教的话，必须先学藏语。梵语和巴利语文献所剩不多了，佛教的相关文献几乎都被翻译成了藏语然后传入其他民族。所以不学习藏语的话就不会成为二十一世纪真正的学者。

不巧那时按吉对印度哲学差不多已经失去信心，因为觉得怎么学都不开窍。正巧头发也渐渐长出来，他本想可以借此机会放弃学习梵语，去学时髦的法语或者德语。就在按吉对印度相关的学习丧失了所有热情的时候，老师却说即使是专业东京帝国大学也不是很懂语法，字典也还不会翻阅。虽然字典是为了查阅的，但是学外语不是为了查字典。查梵语和藏语字典对身体有益，可以增进食欲，效果和做体操的作用不相上下。但是字典不是作为体育器械来销售的，因此按吉对于竭尽全力学习藏语表示谢绝。但是鞍马老师似乎根本不顾及他人的意志和喜好，说道：

"不，学藏语并不是为了佛教，你也应该放弃学习不感兴趣的印度哲学，当一名藏学者。在日本会藏语的人不超过五个，你就能成为第六个人。会一个民族的语言就等于征服一个民族和它的民众，你不这样认为吗？"

老师的嘴巴太厉害了，按吉本来就是个容易被人怂恿的人，将征服语言和征服一个民族等同起来，这不是和问路时，给自己指路的女人就成了自己的女人一样没什么区别吗？按吉可能会成为第六个藏语学者这话似乎不假，连东京帝国大学的老师对语法都不甚了解，字典也查不了，从这点就可以推测出来。

那时刚好有一个有名的藏语学家——山口惠海——认为历史上称做高丽人的归化人可能就是西藏人，现在日语中的"太秦"、"玉"等地名就是藏语，"神乐"、"催马乐"也是藏语；其文章中出现的类似"呀"这种招呼语就是有猥亵之意的藏语。三番叟①的藏语的全文是"toutoutarari"，现在西藏就有几乎一样的舞蹈。

按吉虽然觉得听从鞍马老师的怂恿会很危险，但是从与日本古老文化有如此密切的关系这点来看，觉得成为第六个藏语学者并非不可能。

---

① 日本歌舞伎的祝福舞蹈。

按吉欣然答应学习藏语后，老师变得干劲十足，翻出教科书、词典、语法书、参考书，还有介绍西藏相关知识的书统统放在按吉的膝盖上。按吉闻到书有一股臭味，书应该是从书箱的下半部取出来的，整个过程就像是接受洗礼般。虽说学问的精神当高远，但是膝盖上的书籍的确是湿的，按吉想：是不是这些神秘的书会出汗呢？心里自言自语道：在印度是用手揩大便的，所以它们的书也是臭的吧。

　　藏语书之所以有股臭味，和老师放屁有很大关系。在授课时，老师会中途跑到走廊上去，"砰"的一声把门一关，不知道在走廊上摆出一个什么姿势，连续不断地放七八个响屁。不管是深夜还是阴沉的下雨天，放屁的响声都不会有变化，从来不会变得沉闷嘶哑。出于礼节和关照，为了使臭气消散，老师在走廊上来回走上五六次，然后返回房间，说声"对不起"，接着继续上课。

　　这里笔者要声明一下：东京帝国大学的老师翻不来字典对日本帝国来说并不是件不体面的事，因为拉丁大学的高才生们也查不来字典。所以老师在按吉面前做了二三十分钟的剧烈运动也还是查不出单词来。放完屁，老师在走廊上来回走个五六遍，说声"对不起"后接着抱起字典来查，可单词还是查不到。

　　按吉心里想：藏语字典可能就是用来锻炼学者们体力的，一两分钟就能查出单词来的话就违背了藏语的本来性质。他从来没有觉得老师这么剧烈运动是因为查不出单词，

155

只是老师这样说声"对不起"后，来回进出多次，在走廊上来回走个五六遍，老师的礼节让人觉得可怜凄惨。终于有一天按吉说道：

"老师，您不用顾及我，那样反而让我觉得痛苦。"

后来每当老师想起身去推开拉门出去放屁时，似乎就会想起按吉的话，然后转过身来对着拉门放七八个响屁。此后就一直保持这个形式。按吉意外地发现了一个定论其实是谬论，知识渊博的平贺源内关于这点似乎也有过论断，那就是"响屁不臭"这一说法。老师放屁的声音很响，但是毫不夸张地说：臭得让臭鼬都会气绝。看来老师之前在走廊上来回走动，是因为对此早就心知肚明。学问的精神是高尚的，但是对于藏语的臭气却抱有一种悲痛感，那段时间，按吉在日记中写道：

"户外天空放晴，今天又吸了藏语的臭气回来。"

此句透露出一种厌世态度，看来老师的臭屁的确让他产生了厌世观。按吉在此之前从没有写过诗，这让他突然明白这个世界上有种东西是散文无法表达得了的，将藏语和臭屁联系起来，这是散文无法表达得了的。他从中理解了诗的精髓，并俯瞰厌世的深渊，看来人会在不经意领悟到很多东西。

这种学习要持续一年的话，结果说不定就是按吉因厌世自杀。但是上天保佑菩萨显灵，按吉捡回了一条命。

事情源于老师开始接触女人。即使在繁华的巴黎，老师都能洁身自好，对马来裸体女人视而不见；回国后却因一次廉价的嫖妓，使得三十几年的清白名声付诸东流。

结果老师变得极其消极厌世，对按吉说：

"你说说看，性交其实有什么意思啊？有什么快感而言？我真是傻，我曾经以为哪怕用尽世上所有语言都无法表达出那时的神秘感来。我被骗了，我对都市的生活已经厌倦了，我要回到家乡去，一个人好好想想。"

老师本身就充满了神秘，按吉对于老师厌世的究竟还不是很理解。既然这种神秘感觉哪怕用尽世界上所有语言都无法表达出来，那么这三十几年是怎么忍受过来的呢？即使是那样，又为什么非回故乡不可呢？老师感叹自己一生被骗，那又是谁骗了他呢？老师的此番话让人觉得他之所以那么拼命地学各种语言，似乎是因为他误认为这种语言无法表达得了的感觉其实藏着什么。虽然三十几年来洁身自好，但是终日都在心中苦想，真让人无法理解。

在按吉看来，至少有一点是明确的：自己没有被逼到去自杀的地步，真是谢天谢地！老师的"失身"让他不禁想要感谢上帝，还有那个妓女，几乎忘却了师恩。

还有一个目前暂时看不到的功绩就是我们伟大的帝国也因此少了一名古怪的博士，我们民众们应该举杯欢庆。

从前，泉州界有个雅号社乐斋的俳句诗人，得仙人传授炼制仙药；半年后好不容易炼出仙药并早晚服用。在估计自己差不多可以在空中飞翔时，他从屋顶跳下，却摔断了腰骨。

此后，做力所不能及的事情这种行为称做"自不量力"。

按吉有时在深夜苦思冥想时，突然会觉得自己就是社乐斋的后裔，寂寞无助朝他袭来。年纪轻轻就想看破红尘，这种想法本来就有欠考虑。悟道是不可能藏在字典和书籍中的。在以前，唐僧带着徒弟孙悟空和猪八戒赴西天取经，一路历尽艰难险阻，而现在按吉只是坐着电车去学校上学求道而已。

　　来看看印度的哲人们就能知道：没有一个年纪轻轻就大彻大悟立志皈依佛门的；得道的都是一些难以对付的恶党派、色鬼，在不惑之年以前，脑子里想的都是女人。一个佛教非常知名的大哲学家发誓要偷偷潜入后宫，玷污成千上万的美女；在差不多宏愿实现后，他才下定决心皈依佛门。有一个大哲人在玷污自己母亲后立志皈依佛门。还有位对佛教大彻大悟并被仰为当代大圣人的老师，梦见自己和仙女订婚并梦遗，被弟子发现。在一再追问下澄清说："即使是圣人也逃不过梦遗和月经。"弗洛伊德博士听到这番话说不定要揍他一顿。都是些彻头彻尾品质恶劣的圣人，每当按吉把自己和社乐斋联系起来，在感到寂寞无助时，就会想到这点。社乐斋不可能突然变成仙人，恶党们也不可能成为圣人。日本的和尚虽然也是彻头彻尾的品质恶劣，但是和印度的哲人有所不同。

　　去听佛教哲学课，老师们都是光头，有的还是道长，穿着袈裟走进教室。他们一副看空一切、天地凛然的自然状态，尽管讲解充满深刻的哲理，但是让人无法感受到佛道的明快、希望和爽快。造成这种障碍的并不是哲理本身，而是讲解的老师的人品——让人觉得他们只是一个躯壳（按吉能清晰地感受到这点）。黑暗、荒凉、痛苦，就像在行尸走肉中来回徘徊，造作、阴森凄惨。

有时天气好时，按吉偶尔会在做好充分思想准备后去拜访高僧；听说和尚会毫不顾情面地敲打人的头，或打上三十来棒，所以在出发前要做好充分的思想准备。选上一个大晴天，但是去的路上还是让人觉得凄凉阴暗。这些高僧还是欢迎按吉这样的书生的，见过面之后其实并不拘束，按吉一路上的不安立刻烟消云散。然后各位高僧讲解各自的悟道，但是与在教室里一样，就像在行尸走肉中来回徘徊，痛苦异常。

一见到这些高僧，不知为何，按吉感受到的不是他们的人性和内心，而是他们的躯壳。有一个词语叫做"慈眉善目"，如果要领略实际情形，就是去看看这些高僧。他们的慈眉善目宛如春风，让人如同沐浴在梅花盛开的清风当中，即使在道别之后，还是会不断在眼前出现；还会笑容满面坦率地说："美女其实就是一堆白骨。"有时又会一百八十度大转弯："美女的柔软肤质真是好啊！如果能摸摸的话，真的会长寿啊！"他们笑得是那么纯真、开心。

长屋的八先生也一年到头说这样的话，但他只是一介俗人，所以说话时小眼睛一眨一眨，反倒显得真实。实际上他的散漫、满脸堆笑、敲脑门和突然盘腿等举止言行让人丝毫不会意识到他的可笑，反而自己也会不由得发笑，摆正坐姿，真是一些不悟道的家伙啊！按吉会和他一直聊到天亮，第二天仍意犹未尽。

  这些高僧却不是这样,不能让自己发笑并产生同感。他们的慈眉善目和肉体慢慢地渗透到按吉的脑中来,思考变得迟钝,不知不觉盘腿而坐,不禁想遮蔽起自己的眼睛,深感悟道的可怜,有时突然会感觉恐惧害怕。

  最近栗栖按吉结交了一个新朋友,名叫龙海,是一个有教养的和尚。他还没有当上高僧,所以身体瘦弱。和高僧一样,他经常谈论女人,但也是一介俗人,丝毫没有慈眉善目的表情。

  龙海必须在学校学习修道,但是总是想着脱离佛门;他不去参加修道讲座,说想学画画。他出生于一个贫穷的山中寺庙,由于学费拮据,仅够填饱肚子,买不起绘画工具,于是他用水彩和彩色粉笔画了一大箱子的画,令人吃惊的是画的全是女人。按吉并不是鄙视龙海,只是以前一直认为和尚画的画应该会像文人们画的山水画一样,风景画一定会很多。这让按吉惊呼不已,并不是因为是名画,而是这一百多幅画里,没有一幅风景画,连一朵花都没有。

  "我脑子里想的全是女人,所以……"

  看到按吉吃惊的样子,龙海脸一下子变得通红,低着头说道。龙海是个有教养的人,所以即使对方是关系亲密的朋友,还是会使用"您"等尊敬礼貌用语。

  龙海身体单薄得弱不禁风,但是心怀一个坚定的愿望,就是一定要买油画画具。虽然算不上什么宏愿,但是决心坚定。为了存钱买画具,他到非常远的食堂去吃饭,每餐只花八钱,上下课步行四英里。就在差不多攒够钱准备去买油画画具的时候,他患盲肠炎住进了医院。医生诊断营养不良,最后花光了所有存款。

一段时间龙海变得意志消沉,对前途绝望,有一天突然变得精神抖擞。原来他结识了一个法国流浪画家,据该画家说,只要到了巴黎,哪怕是身无分文,也可以靠打工养活自己并学习画画。这位画家的经验之谈说服了龙海。

龙海立刻又变成了一个存钱狂,将每天三餐,每餐八钱缩减为一天只吃两餐,有时只吃一餐,摇摇晃晃地来上课,喝水充饥,连捡来的钱也存了起来,并且一定会向按吉汇报:

"今天捡到了五十钱,我马上存了起来。"脸变得通红,低着头说。他觉得一定要向谁交代一下,比起向警察交代,还是跟按吉交代要更方便。捡到钱的时候虽不会立即跑去邮局存起来,但是他身上常年带存折。

就在他怀着坚定的决心开始积攒偷渡去巴黎的旅资时,突然变得极度营养不良,就像一个即将离世的人一样。按吉有种不安,这次不可能得的是盲肠炎,他有种不祥的预感:在龙海存够了钱后,可能只剩下他的灵魂带着悔恨去巴黎了。但是龙海不以为然,为了达到目的,根本不在乎营养不良。

就在这段时间,碰巧有个相当于龙海前辈的和尚,年纪大约四十二岁,在所属宗派里已经名气很大,是道长后面跑腿的,被认做是道长的候补人选。一天,不知刮了什么风,他带按吉和龙海去浅草的一家饭馆喝酒。

在相声段子里会出现和尚喝酒的例子，大概那是在寺庙里不好好念经的假和尚。这位被认做是道长候补人选的和尚就大大不同，喝酒方式与能成为笑话相声谈资的八先生和熊先生完全不一样。

在这里要透露一点的是：这也是个慈眉善目的和尚，并且绝无仅有。他总是面带微笑，洒脱自如，连说话声音都那么柔和，也不会因喝醉音调变高。他洒脱地和女招待打情骂俏，一个劲儿地劝按吉和龙海喝酒，自己却不会主动多喝。

出了这家饭馆后，这个道长候补领着这两个尚在修行的和尚走进了一家艺伎酒馆。这个道长候补在两人还没醉的时候开始谈论起女人，越喝越谈得尽兴，对还没有悟道充满怜悯和恻隐之心，详细具体地讲述起高僧该如何享受美色来。

进来一名艺伎，似乎是老交情了，聊戏剧、出游、恋人等完全与佛经毫不相关的话题。到了深夜，四人挤在艺伎酒馆的一间房内睡了一晚。早上洗过脸换好衣服之后，道长候补娴熟地给这名艺伎整理好衣领，帮她系好衣带，这举动让两人瞠目结舌。

按吉和龙海也要感谢这位道长候补的深情厚谊，为了让两人悟道，采用这种易被误解的召伎手法，实属难能可贵。但是，他们还是无法释然，总觉得有一种说不清道不明的阴暗。

"你不觉得难以理解吗？"按吉问龙海。

"岂止！简直令人作呕！"龙海说这话时，气得浑身发抖。两人都冷静下来后，灰心丧气地漫无目的地走了一段。

他们首先想到的是：既然都到了这样的地步，为何不堂堂正正和女人上床？但这是不可能的。

按吉想：即使那样，和尚也不会心情开朗。这是一种不明不白、又令人不可思议的可怜，并不仅仅是上不上床的问题。问题的根本在于和尚们只是将女人看成性欲的对象，他们不和女人上床，只是要保护性欲而已。

但是，凡夫俗子会迷恋女人，哪怕失去性命、抛弃名誉情分、情迷意乱、做出各种愚蠢的事情。让他们沉醉的女子并不会是高僧们钟爱的对象。按吉深切地感受到：谁对谁错已经不再重要，情迷意乱时无药可救。并且，当意识到这点，重新审视那些和高僧不同的人时，会发现为女子痴迷，抛弃名誉情分的脆弱。

一天，按吉在校门口拿到一份传单，那是伊斯兰教徒招募介绍。经过土耳其和阿拉伯语每晚两小时的一年半学习后，会去麦加等地巡礼。

在报名截止日之前，按吉一直在认真思考，动了去麦加的念头。那时他刚好看过一个伊斯兰教徒关于圣地巡礼的文章，一群巡礼者穿过阿拉伯大沙漠前往圣地，走上一段义无反顾的旅程。他们的信仰是那么虔诚，旅程的危险被置之脑后。虽然因为食物欠缺、日射病、疫病等，沿途倒下许多人，但这些疯狂的信徒仍一边念着《古兰经》，一边踏过尸体，艰难地朝着圣地行进。

按吉下定决心想加入到这个沙漠大部队中去，觉得那里有生命存在。他心中充满一种强烈、近乎乡愁般的感情。

　　报名最后一天，他下定决心向丸大楼走去。来到学习会场门口时他又有些动摇，来回徘徊三次还是没有走进去。一个土耳其人盯了他几眼，推开会场大门，消失在里面。

　　他最终还是没有进去，土耳其人消失后，他转身走下了楼梯。原来在来会场的电车上，他看见了一个惊艳动人的女学生，他的内心因此澎湃兴奋，因此他打消了去阿拉伯的念头。他一边走下楼梯，一边为自己有生以来第一次做了件真实的事情而兴奋不已。他边走边对自己说："以后就应该这样去做事情。"

　　那天之后，他放弃了悟道；龙海在偷渡去巴黎前，迷恋上女人，不知下落，并且生死不明。

我的精神周围

わが精神の周囲

序言（本文要旨）

我因服用安眠药中毒入院，记得是于四月二十日出院的。出院时，担当千谷小姐劝我进入秋季后再工作，先去外地疗养。我也想接受她的劝告，但是自从去年夏天得了抑郁症后，就几乎没有写作，一直在与疾病作斗争，旅行、服用兴奋剂并且服用安眠药。

去年夏天到今年春天一直在住院，我一边与神经衰弱抗争，一边在《新潮》杂志上发表题名为《日本物语》和《源自于杂烧煮的一段历史》的连载，加上未发表的续篇，总计近千页。但是，即便是加上未定稿的部分，仍不到我想写的小说的三分之一。

在我住院期间因小说被擅自登载，于是取了这么一个奇怪的题目。至今我还未想好题目，我也不愿去想。

也就是说，《日本物语》这一题目是在小说还没有正式的题目又被杂志社擅自登载的时候取的。可能是觉得把题目强加于我过意不去吧，于是把题目缩小，取了《源自杂烧煮的一段历史》这么一个夸张的题目。

我交给杂志社的那部分只是小说第一章的"第一节"，我想杂志社可能会将第一章的题目作为小说题目吧，但结果却为第一章起了一个暂定的题目——《一九二八》，最终没有派上用场。于是，只好将第一章中的"第一节"放大为小说的大题目，这就是《源自杂烧煮的一段历史》这一奇怪题目的由来。因为只是第一章的"第一节"的题目，所以也无可厚非，否则，有哪个傻子会取这样的题目？小说这部分内容分别登载在《新潮》的五、六、七月号上。

对我而言，《日本物语》这一题目也没什么不好，我也说过只要是好题目，无论什么都可以；这点杂志社也知道，所以，他们毫不客气帮我取了《日本物语》这个题目。但是《新潮》杂志社应该考虑到：未得到我的同意不应该发表。

迄今为止，我的那些未全部写完就发表了的长篇小说都遭到中间停发的命运，我觉得这与作家的独特脾性有关，也是没法子的事情。相反，不写完就不发表，即便要花上两三年时间，我也要将其完成。我害怕这样的命运，我一直对《新潮》杂志社的职员说：题目没有关系，希望在全部写作完成之后再发表。杂志社也强调说因为有债务的关系，现在既然已经发表了，也无可挽回了。与其懦弱、惊慌失措，还不如打倒宿命，只要是发表了的小说就必须将其完成，这点对我来说最重要。

但是，最让我焦急的是一个"拦路虎"挡住了我的写作进程，让我十分为难，这就是京都话。因为第一章的"第二节"和第二章的全部都是以京都为背景。我大约在十三年前创作《吹雪物语》这部作品的时候，在京都待过一年半，因此有许多心得体会，尤其京都话很难懂。特别是要将其表现得有个性非常难，如果人物有模型的话，则很容易掌握其说话习惯；但是所有的人物都是虚构的，让他们说京都话并且有各自的说话特征，并不是件容易事。

去年十一月写完第一章的"第一节"，但是将定稿交给《新潮》杂志社后，开始写作"第二节"时，由于无法表达京都话而变得异常焦躁。

去年年底我离开东京，在京都度过新年，写完"第二节"已经进入第二章的时候，这次旅途最终使我病情恶化。

如果我在东京能雇几个京都人做助手就好了，但是当时没那么想过；因为我想多雇几个助手的话，虽然工作变得容易，但是会被助手的个性左右，偏离创作目的。我也不想学习标准的京都话，只是想按照自己的思路，给小说中的人物配上个性化的语言。

我没有雇助手，想潜伏在京都的中心，尽可能和许多人交谈，观察多样化的语言，创造出一些个性化的语言。于是，我只身前往京都，但是这次旅行以失败告终。并不是因为创造语言失败，只是体力上完全吃不消。今年一月一日才开通火车，去年年底东海道线还没有开通火车。车厢内寒气逼人，鼻涕流淌不止，作呕难受。到达京都后，如同晕船般，发冷作呕，难受得半死不活。到了京都宾馆之后，我躺在床上度过了新年的第一周，体力消耗殆尽，如同败逃的武士一般撤回东京。正因为对这次旅行的期待和希望甚大，失望也大。但是，我并没有泄气，继续克服不便，挑战京都话开始写第二章。只是我的脑子变得不那么好使，正是在这个时候开始过度服用兴奋剂和安眠药。二月十七八日住进东大神经科，那时已经不能说话行走，深受幻觉和幻听之苦。虽然已经经过狂躁期，但我记得不曾有过自杀的想法，只是想着好好活着和完成工作，最担心的是产生自杀的念头。千谷告诉我说两个月一定能治好的时候，想到可以治愈心中便充满感动。

就这样，四月二十日左右康复出院后，我不顾千谷的忠告，为了挣取生活费，不得不开始做一些工作。我现在觉得，反正是要工作的，倒不如埋头继续这部小说的写作。这样的话，内心会变得踏实，精神也会安定下来，但是，我尽力不至于太疲劳。在艺术创作的世界里，是不允许半途而废的，我仿佛看到自己消亡在空虚当中。

就像千谷反复说的那样，当时我还未完全康复，又中了暑；还没有去想绝对不能过多服用安眠药的时候，就反复出现住院前的病状。因为我以为服用以前量的七八分之一的话，应该不会有问题，却又一次出现了厉害的中毒症状。

之前田中英光同样也是因为安眠药中毒把情人刺伤，这次我又因为安眠药中毒复发，让新闻界大为震惊。报纸上也有两三则报道批评说：意志薄弱、发狂般的文学等。但是果真是那样吗？我也想不反驳不辩解，我唯一想说的就是：希望大家看我的小说！

大家读读《新潮》杂志上我的连载小说《日本物语》吧！并且也读一读今后登载在其他杂志上这部小说的续篇吧！这部小说是我在振奋精神和增强体力的同时，不断与抑郁症（精神病的一种）斗争的状况下创作出来的，即便是到了寸步难行、无法说话的地步；关在精神病医院里，用颤抖的手写出连自己都感到莫名其妙的文字而创作出来的这么一部小说，并且那时已经出现了幻觉和幻听症状。

也许我的精神和肉体出现了异常，但是我的工作是健全的，没有丝毫不正常；我只是在和日益消耗的体力作斗争的同时，努力创造出正常人的生活。如果创作中人物的形象有不正常的地方的话，那并不是因为我的不正常，只是人物其自身的不正常。

也可以这样说：我的精神之所以不正常，是因为我的作品是健康的。我把我的健康全部奉献给了我的作品，剩下的就只有我残破的身躯，这也是我引以为豪的地方。各位，在说精神异常者的文学、意志薄弱者的文学等这些话之前，还是先看看我的《日本物语》这部小说，然后再将你想说的话说给我听吧（我准备在其他杂志发表连载的时候，将《日本

坂口安吾

物语》这个题目改成由我自己重新取的题目）！

　　以上就是本文的主旨，接下来我将在我的精神周围随意漫步。

　　来到伊豆的伊东已经是九日了，刚好在一周后称了一下体重。我来伊东后重了四公斤，体重在六十七公斤上下，到这里的第二天称的体重是六十四公斤，如果是六十七公斤半的话则刚好是十八贯①，我从没有增重过这么多。

　　我在京都仅仅两天的时间，体重就从十五贯增到十七贯五，这是由于脚气浮肿的原因。我没想到浮肿也会增加体重，虽然是浮肿，体重就增加了二贯五，感觉身体顿时变得魁梧、沉重。本来就因为脚气，脚无法抬起，感觉双脚沉重，镜子里照出的样子显得很魁梧；只是两天就增重了二贯五，长相大变。因为我长得有点像出羽海，本来心里很是欣慰，只是喝了三天药就变成此般模样，此后体重最多增重到十七贯，之后没有继续增重。

　　当我意识到体重增长到十八贯后，当日一整天都沉浸在幻觉般的思索当中，这的确不正常，但是一定有原因。

　　我觉得可能是温灸导致的，到达伊东的第二天，尾崎士郎的太太就教了我温灸。

　　我两年前来伊东玩的时候，尾崎士郎就劝我做这个神秘的针灸。

　　"你要不要在头顶上做针灸试试看？不会留下疤痕，铺

---

① 一贯等于3.75公斤。

上纱布然后在上面做针灸,也不会觉得烫,只是有点温热的感觉,能去除头部的疲劳,让人睡得很香。"

现在想来才知道温灸是怎么回事。当时别说针灸和温灸的区别了,连针灸为何物我都不知道。

于是第二天开始我就马上试着做了针灸。来的是一个善于模仿的老妇人,带着两个四十岁左右的中年妇女模样的弟子。她摸了摸我的胃部,对我说道:"这是肝脏,喝多少酒都没关系,我给你做一周的温灸就会好。""把纱布铺在这里。"于是把做温灸的部位告诉弟子。当她发现我太太的脚气时,说道:"啊!太太,你得的是脚气吧,这病很难治好,但是如果是针灸的话三天就可以治好。"但她似乎根据我太太的年龄和装扮,判断不是我太太,觉得像是酒吧女、艺伎、妓女那种人。同来的弟子突然大声地问道:"你是太太吗?是女儿吧?"就像一唱一和说相声般旁敲侧击。在场的人都笑了起来,即使有人说了:"胡说!是太太!"仍然半信半疑,好像一定要从妻子那儿得到确认。

"接受了针灸治疗的话,没有治不好的病,不管是肝病还是脚气、肺病,三天至一周的时间就能治好;尤其对性病、淋病、梅毒等病有效。这位医生的针灸疗法,什么都能治好。"

听说这个口齿伶俐的弟子以前是"生长之家"①的信徒,她师父叫她"火球"。另一个弟子一边针灸一边按摩,听说

---
① 日本教团之一。

以前是日莲①的信徒，这个则本性老实。

　　火球根据在场的人的品行判断出有人得肺病和性病，就像说相声一样，一边揣摩一边套话。高桥正一毕业于商船学校，是个意气风发的年轻人，由于担心我的病所以来陪我，我对他说："听说你肾脏不好，也做下针灸吧。"高桥喜欢针灸，以前也确实得过肾病，"是啊！那就做做看吧！"高桥回答道。

　　但是老妪却并不认为健康的高桥是病人，摸了摸他的背部，说道：

　　"他是这里所有人当中最健康的，不用检查，我一眼就能看出谁哪里不好。他是这儿不好，在他的尾骨处扎针。"

　　火球一边扎针，一边说道："我们这位医生的针灸非常了不起，还有一个独特技术就是脚踩按摩，有的人光用脚踩要害部位就把病治好了。"

　　"等一下我会给大家做按摩，每人收取服务费一百日元。我所做的是为了救人，三天就将疑难病治好，然后病人能对我说句：医生，太谢谢你了，我就心满意足了。即便是给我几百万，如果我不愿意，我也不会给看病。东京人性情乖僻、不够直率，这对治疗最不好，老老实实照我的话去做，什么病都会治好。我不知道你是什么伟人，因为我的脚踩按摩头就生气一走了之，那就不用做了。"

　　按照史书记载，这个老妪的温灸法是将采自于菅平高原

---

① 日本镰仓时代的高僧，佛教日莲宗的开山祖。

的十几种高山植物和动物的激素等混合制成一种像黑色海胆的药剂；将其涂在纱布上约一厘米厚，然后在上面堆上高高的艾草，并点火燃烧。像黑色海胆的药剂里面含有较多的液体，它不燃烧的话不会发烫，发烫的话则将其取下，整个过程可能要花上一小时。头顶和颈部都插上了针，说做了的话就会想睡觉。

"做了之后，白细胞和红细胞会增加一万个，它们通过珍贵的激素药材在体内游动，即便是十个女人，也会觉得体力充沛。你的头部毛发稀少，三天就会长出黑发。"

净说些大话，因为自己的病吃医生开的药治不好，所以就索性试着早晚两次治疗了四天，但是没有丝毫效果，也睡不着觉。信奉日莲教的弟子一边给我针灸一边按摩，针灸完后，师父再给我用脚踩按摩足部、背部和颈部，并没有对准穴位，真不知在胡乱做些什么，只觉得是在做蠢事。

早上日莲弟子针灸肝脏部位，晚上师父和火球来温灸治疗失眠，日莲弟子性情温和，不会疯言疯语乱做宣传。

"你太太的脚气的治疗会花上很长时间，竖状孔型的脚气很顽固。"她说了真话，关于我的肝脏，很认真地说道："先生，喝酒对肝脏可不好啊。"和那对说相声般的师徒俩说的完全相反，那两个人说得和做得都很心虚。

"你们知道催眠术吗？我给你俩施催眠术，你俩给我扎温灸，我们比比哪个更起作用。"

"催眠术就是让人睡着吗？"

"是的，我们可以做得更夸张，并不是用火或者水，只是我施法，你们全身就会变得如火烧般发烫，或冷得发抖，要不要试试？"

火球和师父脸色稍稍沉了下来，沉默不语。

第二天我打电话告诉她们不用来了，可她们还是来了；缠着妻子说带来了另外一种特别的干药糖剂，说不能半途而废，开始准备做温灸。我从隔壁房间走出来，想让她们离开，说道："不是打过电话让你们不要再来了吗？你们不管来多少次，我还是会拒绝的。"话说到这个份儿上，她们还是不肯罢休，叫来了日莲弟子，可能她们也感觉到我对她有些好感吧！

本来用不着我对她们采取这么冷淡的态度，她们就应该知难而退的，但是这两个人一唱一和、故弄玄虚的推销，实在令人作呕。一天，她们邀请我去海边散步，在海边散步让人心情舒爽，但是又说第二天傍晚五点要来，我说了很多遍不用了，可还是死活不肯罢休。海边有很多照相馆，也许她们也想企图给我照相作为宣传用。我对她们这种死缠烂打实在感到恶心，本来以为出来旅游能让身心平静、得到慰藉，可是却没有得到丝毫的轻松愉快。

有一天，在尾崎士郎家，碰巧有个人说道："士郎长胖了的话，只有一个原因，那就是温灸，但好像是病态的胖。"

"是啊！真的会长胖吗？"

"会明显长胖，但是病态的，还是不要做为好。"

"是吗？但还是想长胖啊！"尾崎士郎一直非常想长胖

些。想起这天的事情,让我觉得自己一周时间长胖了四公斤,可能也是因为温灸吧。

来伊东一周时间,经历了很多事情,让人眼花缭乱。本不是为了长胖接受治疗的,没想到最明显的功效却是让瘦弱的自己变胖了。

我来伊东的目的本来就不很明确,我已经不能完全记起这几天的事情了,可能因为我又服用了安眠药。

我只记得,最不可思议的是:决定去伊东的前一晚,在妇产科医院当医生,不管什么大病小病都给我们全家诊疗。蒲田的南云先生(井伏鳟二的文章《本日停诊》中的主人公三云博士)和长畑先生(柿沼内科诊疗部院长,我的多年好友)的到来,这应该不是偶然。

劝我去伊东的是南云。他有亲戚在那边开旅馆,他两个儿子在那边租了房子避暑,要去伊东打点那边的房子,问我要不要一起去。其实他是想让我去那边异地疗养一段时间。

长畑在我家住了一晚,第二天陪我一块到了伊东,第二天大井广介的太太就要做乳腺癌手术。长畑和大井广介是老朋友,我是通过大井广介认识长畑的。

给大井太太诊断出乳腺癌的是长畑,也是他在尽力安排准备手术。手术于第二天上午九点半在外科手术室进行,本来一定要到现场的长畑却陪我来到伊东,的确还是有我不知道的原因。

高桥正一和渡边彰每晚都住在我家，应对我病情的发作。第二天早上，我才知道讲谈社的原田君也住了下来，我想不会是有什么事吧？我记得不是很清楚，好像作品社的八木君也住了下来。

同来伊东的除了南云和长畑两位医生外，还有高桥正一和妻子。渡边和八木冈是后来才来的。

来伊东后的第三天早上，在旅馆外面的走廊上，高桥对我说道："老师，好像是受了安眠药的影响，说话吐字很不清晰。"

我一听安眠药，大为震惊，因为我根本不记得喝过安眠药。

"我的发音有那么反常吗？"

"嗯，有点儿口齿不清，脚也不正常。来伊东的那天，在尾崎家前面的河边，摔了好几跤，您还记得吗？"

这个我还记得，但是没有意识到过说话含糊。

大井广介的女儿阳子来玩，和妻子一起去多摩川划船，在我家住了一晚。第二天大井广介气势汹汹地来接阳子。"你知道妈妈患了乳腺癌不是哭了一晚上吗？妈妈就要做手术了！"深爱妻子的大井广介为妻子的病十分伤心难受。我一直简单地认为乳腺癌是癌症中最容易治的一种，听长畑一说，好像用普通的疗法并不能治好。我以为只是放射化疗，即使切除也只是一小部分，但听说几乎要切除一半。

大井广介来接阳子前的事情我记得很清楚，在警察的保护室里住了一夜，三四天后去了檀一雄家，调查用地情况。

わが精神の周囲

在此之前檀一雄连续三天来拜访我，想说服我把房子建在他家正对面。我之前从没那种想法，在他的再三劝说之下，我也有些动摇了。

在这段期间，我唯一记忆模糊的是石川淳来看望一事，这是因为他来的时候，我喝醉了酒。檀一雄现学现卖，不仅说服我，还说服石川淳把房子建在和我们同一个村落里。

我没有想过建房子，凭我的经济能力也建不起，实际上只是让自己相信造得起房子。檀一雄的隔壁住着真锅吴夫，这位不太知名的年轻作家（在建房子的时候完全没有名气），稿费只有二三百日元，还有时只能拿到一半，就是在这么拮据、连吃都吃不饱的状况下建了房子。听说真锅君曾一度营养不良，他说，坂口安吾拿着比自己多几倍的稿酬，可以在有温泉的地方写作，但我不行，必须有自己的书房。但是，后来他通过檀君认识我后，亲眼看见我的经济困境，推翻了他以前的想法。于是劝说檀一雄说，必须让坂口安吾也建房子。的确，既然真锅吴夫都建了房子，我就没有理由建不起，我相信这个奇迹，就这样被檀一雄说服了。

檀一雄雇了一个木匠，虽然只有十八岁，但是手艺很好，一个月的收入是一万日元。这个年轻木匠一个月拼命地做，也只能做七八万的木材活。他说七八万的活太多了，每次做二三万的话，慢工出细活就会造好房子，造好围墙，甚至是门。

我把他的话转述给尾崎士郎，这位空想作家为这一奇迹惊叹不已。

"那个叫真锅君的人真是了不起啊！檀一雄至少房子还是造得起的吧，我以前根本没听说过真锅君这么个人，他好像得了营养失衡，对吧？我也不是那种到温泉写小说的身份，的确还是要有自己的书房。"他的感动并不夸张。

"要不我也把房子建在你们那个村落里吧，六七十坪太大了点，有两间就行。"

檀一雄和真锅吴夫都是两间，我的房子也同样设计成两间，石川淳也是两间，这个部落里没有超过两间的房子。我家里要建网球场，檀一雄要建二十五米的游泳池，在游泳池的旁边建造两间房，他再搬过去，真锅君搬到他以前住的地方，然后长畑再搬到真锅家的地方。对我们来说，需要的是可靠的医生，至少对我来说，就像需要食物般。

但是，到底什么是健康？我在东京大学神经科看到的大多数精神分裂病患者个个身体强壮，我的体重也是十八贯。我因安眠药中毒住过院，诊断也是抑郁症，但是我怀疑到底是不是抑郁症。

我在二十一岁的时候得过神经衰弱，那时耳朵也听不清，肌肉松弛无力，棒球也投不到十米，一米宽的水沟也跳不过去。

我记不太清发病原因，可能是睡眠不足，我相信一种流言说：人只要睡四小时就足够了。所以一直是晚上十点睡，早上两点起床，这样的生活过了一年就生病了。我曾撞到汽车，头部骨折，但是神经并没有问题，还出现了像恋爱般的多愁善感的幻觉，但我觉得这跟发病没有关系。有人认为神经系统的疾病源自于男女关系，真正的发病原因是由于男女关系破裂导致睡眠不足，只要能呼呼大睡，即使失恋也不会对神经产生影响。

得了神经衰弱后，出现了严重的妄想症状。我那时认为其他任何症状都没关系，只要不出现妄想，那我就可以埋头从事可以做的事情。我首先选择了数学，没有老师，光看书没办法学；外语可以较为简单地跟着老师学，于是广泛地学起法语、拉丁语、梵语来。关键是兴趣的问题，奇怪的是兴趣不能持续长久，难以集中精力去学，腻烦了一种语言就学另外一种，一天到晚学学这个，查查字典，研究研究语法，一直学到想睡了为止。采用这种打仗式的方法，最终成功地战胜了疾病。

从那之后直到现在，我都没有察觉显著的症状。由于没有职业关系的限制，有时在东京住上一年半，或在取手、小田原住上一年，过着这种流浪生活。也许就在自己无意识的时候，采取了对症治疗措施，巧妙地避免了疾病发作。

并且，根据二十一岁时的经验，当自己认定神经衰弱的原因是睡眠不足后，就尽力多睡觉；每天午睡，也许就这样没有让疾病复发。

睡眠不足也许导致很多人神经衰弱，我依靠自己的意志战胜了疾病，并没有觉得自己有什么不正常。

现在，由于工作过于疲劳，重蹈二十一岁时犯的覆辙，但是责任全在我自己，不能怪其他任何人。没有人强迫我，有时是因为责任感导致过度疲劳，并不是一定有那样的必要；只要自己注意，过度疲劳是可以避免的。

今年春天出院后，觉得自己不会再喝兴奋剂和安眠药；但是在观看了将棋名人战后，又开始喝起了兴奋剂。这完全是出于我自己的意志，我要负全部责任。

事情很清楚：我觉得为了工作我可以奉献自己的生命，换句话说，在自己的有生之年必须完成工作。其实这两个想法是一致的，唯有工作是我的归宿。

我现在才醒悟：神经衰弱只有依靠自己的精神来治疗，除此之外别无他法。即使寻医问药，最后还是会复发。

内脏器质性的疾病，患者没有相关知识则无计可施，但是精神疾病最好的医生还是自己。我现在热切追求的是肉体上的健康，我领悟到精神只属于自己。

但是，精神健康指的是什么呢？例如，"工作至上"这种想法或许并不健康，这时我无言以对，只知道一边干蠢事一边把工作完成，至少没有其他富有艺术性的办法。

我在来伊东的车中差点儿和别人吵架。我生性最不喜欢吵架，即使喝醉了酒，也没有吵过架。这样看来，的确安眠药中毒不浅。

到达伊东后我们就直接去拜访尾崎士郎，然后一起喝酒。我喝醉后趁着酒性到音无川游泳，这也是我第一次到音

わが精神の周囲

无川游泳，也是第一次在田地里的露天温泉一边沐浴斜阳一边洗浴。

水深齐胸，让我感觉非常舒服，由于水底变化，慢慢水位变得只有膝盖那么高。但是，对于适应了冷水浴的我来说，水温刚好，不冷也不热。

但是，因为河底铺了大块石头，容易打滑，我来回走动时摔倒了许多次。三天后，高桥说道："安眠药的效果好像少了许多。"那天又去洗浴，果真没有摔跤。

记不太清是第一天还是第二天，早上长畑因为手术返回了东京，我们在南云的陪同下一起去一碧湖游玩。在那儿也洗浴了，但是脚踝陷入湖底泥土，而且水温微温，不像是湖水。

第三天开始温灸，第五天向青山二郎借来游艇，这也是我第一次坐游艇。

但是，也许是由于乘坐游艇受到紫外线的照射吧，安眠药失去药效，之后便整晚难眠。做温灸的老媪说有的人在做针灸之后会睡不着，但是忍受了一段时间后睡眠就会变得很好，这让我气愤难耐。这个老太婆自吹自擂的那些效果没有出现后，就理所当然地推翻前面所说的一切，随意捏造理由；最后一唱一和、强词夺理说东京人啰唆，不好好听医生的话等；背地里耍花招，让人心情不爽，就像被她们耍弄了一样。

伊东大海流入内海港湾，风平浪静。由于从音无川流过来的石块，海底险恶，音无川清澈见底，但是这里看不到海底，四处散落着膝盖高的大石头，没过一会儿我就伤痕累累，至今都步行艰难。并不是因为安眠药中毒，而是由于跳入不知深浅的大海造成的后果。

风平浪静的时候，游艇静止不前。有勇士在海上艰苦摸索慢行，商船学校的豪杰们乘坐的帆船消失在宇佐美深处，最后营救船出动搜救。同船的檀一雄不知豪杰们与风浪作斗争的苦心，反驳道："为何要来救？"

这时的伊东海上聚集了很多渔船，在领头船的带领之下，驶入指定的位置，待机候命；如同看到明治初年的海战，我们也乘上汽艇去参观。挂有沙丁鱼鱼饵的渔网被收起，成片的鱼群聚集过来，这是一种引诱钓鱼法，甚是壮观。

除了失眠，我身体健康，并越长越胖。

我至今都不明白：出发去伊东的前一夜，南云和长畑为什么会来，八木冈君和原田君为什么会住下来，我到底做过什么。

我已经完全没有大井广介来接阳子回去第二天之后的记忆，也不记得服用过安眠药；我没有任何关于出发去伊东前一夜的记忆，这种事情从未有过，家人也不说。也许是喝醉之后，服用了过多的粉末安眠药；但是我丝毫没有自杀的念头，反倒是与檀君筹划起石神井部落之后，对于保持自己的健康生活，充满希望。

至于病因，也许有人认为是抑郁症，我只能回答说完全是因为失眠。

来到伊东之后，我在亲友们爱的包围下，度过了童年般健康的生活，所以一周时间长胖了四公斤；但是唯一不足的就是现在还没有工作。我离开东京的时候，不解为何会出现两个医生，意识混沌，四处奔波更换地点，没有心思工作；一副平时的装束，脚趿拖鞋，被一群人包围着就从家跑了出来。

我已经不再年少，已经没有在海边玩上一整天也乐不思蜀的兴致。如果把工作从我身边夺走，我将一无所有。

我沉浸于幻想般的回忆中，突然想起二十一岁时和疾病抗争的那段日子，才意识到精神上的疾患只有自己才能治得了。由于害怕失眠，无法专心工作，一直在等待最佳状态，但这只是徒劳。二十一岁时，为了驱散严重的幻觉，拼命翻阅字典和语法书。如果失眠的话，也用不着害怕，一直工作到眼皮睁不开，想睡的时候就那样闭眼睡一睡。比起那时幻觉、听力的暂时消失以及运动神经松弛，可以说现在的我要健康得多。我突然意识到：肉体上的疾病只能依靠医生治疗，唯有精神必须靠自己管理。

也许可以这样说：人靠自己的意志找到自己的原形。无法忍受针灸老妪花言巧语的我也许不够宽宏大量，缺少幽默，但我还是认为自己没有什么地方不健康，尽管气量不够大。

我不该将自己的精神上的疾病交给医生和药物，应该依靠自己的意志去医治。

在隔壁房间，檀君也在彻夜工作，等待许久的编辑即将离开。昨天很晚妻子从东京带回未写完的《日本物语》，我要继续写完这部作品，一直到睡意难忍为止，我丝毫不怕失眠。

  附记：原本打算将本文登载在另外一本杂志上的，由于写了太多关于《日本物语》的内容，所以决定登载在《群像》杂志上。从《群像》的第十期开始将登载《日本物语》续篇，"序言"中说的某个杂志社实际指的就是《群像》，我故意没有说明。

  拙文如果能成为我一生值得纪念的转机的话，我将万分庆幸，并且这样深信。在登载《日本物语》的续篇时，本打算更换题目，但是至今还没有找到合适的，姑且给这篇拙作取名为《日本物语》。

文学的故乡

文学のふるさと

文学のふるさと

夏尔·佩罗①的童话集里有一篇著名童话叫《小红帽》，这个故事家喻户晓，非常简单。有个可爱的小女孩总是戴着一顶小红帽，于是大家给她起名为"小红帽"，一天她像往常一样去看望住在森林里的外婆，结果被装扮成外婆的大灰狼一口吃掉。

童话里一般都会蕴涵教训和道德性，但是这个故事里却全然没有，因此从这个意义上来说，由于其"非道德性"，在法国又是一个非常著名的童话，因此经常作为此类作品的引例而非常知名。

非但童话，纵览整个小说界，是否也存在这种"非道德性"的小说呢？从小说作家的立场来说，丝毫没有"道德性"这种意图却还能进行创作——这实在令人难以想象。

但不可否认的是：一般只有蕴涵道德性才得以称之为童话

---

① Charles Perrault（1628—1703），法国作家，著有《佩罗童话》。

的故事里，也存在着丝毫没有蕴涵道德性的作品；并且，三百年来始终保持着生命力，活在许多孩子和成人的心中。

说到夏尔·佩罗，他有许多传世之作，诸如《灰姑娘》《蓝胡子》《睡美人》等，和这些代表作一样，我也非常喜爱《小红帽》。

不，如果说对《灰姑娘》《蓝胡子》等的喜爱，只是限于在童话世界里的话，那么我则是以一颗成人的冷峻的心感受着《小红帽》的凄惨之美，并为之感动。

天真可爱、心地善良、集一切美德于一身，让人怜爱、纯洁的小女孩去森林看望生病的外婆，竟被装扮成外婆的大灰狼给一口吃掉。

正如我们突然遭到抛弃，正感到疑惑不知所措时，眼睛又受到一拳意外的猛击；在转瞬变为一片虚无的空白之处，难道看到的不正是静谧、透明而令人痛苦的"故乡"吗？

接着展现在这空白当中，深深刺痛我双眼的是可怜的小女孩被大灰狼一口吞下这残酷可憎的场景，但这正是我为之所动的地方。虽然让我有些许无法忍受和悲痛，但它绝非肮脏、混浊，却有如一种抱着寒冰般的凄冷悲怆之美。

再举另外一个例子吧。

这是"狂言"中的一个故事，大名带着太郎冠者[①]一起去寺庙参拜，突然大名看到寺庙屋顶的鬼瓦哭了起来。太郎冠

[①] 狂言中的出场人物，常作为主仆关系中被雇佣受虐待的一方，衬托主角，引出笑话。

者问及缘由，原来因为鬼瓦①和他的妻子长相十分相像，他越看越伤心，哭泣不止。真不可思议，就是这样一个简单的故事，在四六判②大小的书里只占有五六行，可称得上是狂言中最短的一个了。这不是童话，所谓的狂言，是穿插在正经戏剧当中演出的茶番狂言③，是为了让观众稍事休息，博得观众一笑，让人精神为之一振。不知观众看了这个故事会不会一笑了之，也不知这种有头无尾的狂言能否在实际舞台上演出，想必我们无法那么天真地笑得出来吧。

　　这个狂言也不蕴涵道德性或者说根本没有设定出让人发笑的道德性。来寺庙参拜看到鬼瓦便想起妻子而哭了起来，的确滑稽可笑，但是同时又会觉得好像突然被抛弃，一边笑，一边又觉得滑稽荒诞、不知所措。被抛弃的我，心已经被看到鬼瓦而哭这个事实掏空殆尽。一种超越平凡或常态，令人震撼的沉重感向我袭来，让我不禁想闭起彻悟的双眼。我们无法躲避，这是一种在我们意识到时身不由己被其征服的本性。与其说是宿命，不如说是一种让人感到更为沉重、无法躲避的东西，也许这仍旧是我们的"故乡"吧。

　　于是我这样认为：所谓的没有道德性或者让人感到被抛弃的作品，虽作为文学似乎难以成立，但是在我们的人生道路上会出现不得不面临此般境地的悬崖。因此，没有道德性本身就是它的道德性。有个关于晚年芥川龙之介的故事：一

---

① 装饰在屋顶两端的鬼面形状的瓦片。兽头瓦。
② 纸的尺寸大小，约为788mm×1091mm。
③ 流行于江户末期，演员表演的滑稽短剧或话剧。

个常常来芥川家的农民作家——这个人过着穷困潦倒的生活，有一天拿着一篇稿子来找芥川。内容写的是有个农民，生了个孩子，由于太穷，如果养大的话，大人孩子都要受苦，倒不如不养对大家都好。于是把生下的孩子杀死，装入煤油缸里埋了。

故事凄惨得让人无法忍受，芥川无法断定这个故事是否来自于他的真实生活，于是问他是否真有其事。这个农民作家生硬地答道："这件事就是我干的。"芥川为之一怔，哑口无言，接着农民作家又生硬地问道："你，是不是觉得我做了件坏事？"芥川不知如何作答，寡言少语但才华横溢的他无言以对，这正说明晚年的他才开始将真实的生活与文学结合起来。话说这个农民作家留下这千真万确的"事实"后便离开了芥川的书房。客人离开后，芥川突然有种被抛弃的感觉，如同孤身一人被遗弃般。他猛地起身，登上二楼，不经意地朝门的方向望去，已经不见农民作家的身影，只见绿油油、熠熠生辉的初夏的嫩叶。

这部疑为其手记的文稿在芥川死后被发现。

在这里，抛弃芥川的仍然是这种超乎道德性的东西。我的意思并不是说弑子这个故事超乎了道德性，因为已经完全没有必要把重点放在这个故事上了。女人的故事也罢，童话也罢，或者其他什么都已经不重要。总之，这个故事是芥川无法想象的事实，也是扎根于大地之上真真实实的生活，芥川正是被这种真真实实的生活给抛弃了。也就是说，是由于他自身的生活没有扎根于大地之上。但是，即便如此，这种被扎根于大地之上的真实生活所抛弃的事实本身同样也是一种真真切切存在的生活。

　　换言之，并不是农民作家抛弃了他，芥川优越的生活是导致其被抛弃的原因之一。如果作家像芥川那样，没有被生活抛弃的经历，是不会创作出《小红帽》以及刚才说到的那个狂言的吧。我对没有道德性、让人感到被抛弃的作品并不持否定的文学态度，相反我认为文学的建设性以及道德性、社会性等应该建立在"故乡"的基础之上。再来举一个通俗易懂的例子吧，这是《伊氏物语》里的一个故事。

　　从前，有个男子爱慕着一个女子，多次表白未果。终于在第三年女子点头同意了，这个男子欣喜若狂，于是两人立即私奔逃出了都城。途经一个名叫"芥渡口"的地方，他们来到一片广阔的原野，这时夜已深，并且电闪雷鸣、雷雨交加。男子牵着女子的手在原野上一路狂奔，女子看见草上闪电照耀下的晶莹露珠，边跑边问："那是什么？"但是男子急着赶路，没有回答。最后，他们发现一处荒废的破屋，躲了进去。男子让女子躲进壁橱，叮嘱她若是鬼来了就刺上一剑，自己则手拿一杆长矛守在门口。尽管如此，鬼还是把躲在壁橱里的女子给吃了。原来正巧那时雷电大作，男子没能听到女子的悲鸣声。天亮后，男子发现女子已经被鬼杀死，于是哭泣着唱起一首和歌，意为：当她看到草叶上的露珠问是何物时，如能回答她"那是露珠"，然后两人一起同赴黄

193

坂口安吾

泉该有多好啊！

　　这个故事附加了男子断肠般的感情哭诉，读者并未感到被抛弃般。但是，这不也是一个超越了道德性的故事吗？

　　在这个故事里，三年苦追终成的正果却瞬间被鬼捣毁这一巧妙的对比。携手行进在暗夜旷野上，只顾赶路的男子连女子的简单提问都无暇回答——美丽的场景与男子的悲叹巧妙构思在一起，使这个故事闪现出宝石般的璀璨光华。

　　也就是说，男子对女子的爱越是真切汹涌，女子被鬼吞噬就显得越为悲惨；两人私奔的场景越是美丽，就越让人觉得悲惨。如果女子是个毒妇，男子的爱情也不够强烈，就不会让人感到悲惨；如果没有女子看到草上的露珠问为何物，男子无暇回答这一插曲，这个故事的价值就丧失大半。

　　可以说，仅仅只是简单地没有道德性，让读者感觉被抛弃，是不会产生一种凄惨的静美的。编造让鬼和坏人飞扬跋扈的情节，这样的故事我们可以随手拈来，但是并非如此。

　　这三个故事传递给我们的一种如宝石般的凄冷感，难道不是一种绝对的孤独吗？——一种生存本身所蕴涵的绝对孤独吗？

　　这三个故事里不含有拯救和慰藉，即使对看到鬼瓦哭泣的大名安慰道："逝去的不仅仅只有你的妻子。"就如同想让石头浮在空中般，徒劳而已。并且人们也并不会因为自己的妻子漂亮就难以理解这则狂言。

　　这样的话，生存的孤独或我们所谓的故乡难道就这么悲惨、无可拯救吗？我想的确如此，这种黑暗的孤独的确无可拯救。我们人迷路的话可以期许获救，但是这种孤独如同身处旷野，根本无法期待拯救的家园出现。最终，这种悲惨和无可拯救就是唯一的拯救。如同没有道德性其本身就是一种道德性一般，无可拯救其本身就是一种拯救。

我认为：文学的故乡或人类的故乡就在于此。并且我认为：文学正始于此。

并非仅仅是非道德性的、将人抛弃的作品才是文学。不，相反我对这类作品评价并不很高，因为虽然故乡是我们的摇篮，但是成人所做的绝非是故乡的回归。

如果没有对故乡的意识或察觉，文学是不可能会产生的。文学的道德性、社会性如果不是生存于这个故乡之上的话，我绝对不会信任它，并且文学评论也是如此，我这样坚信。

文化节

文化祭

文化祭

人的趣味千奇百怪，无奇不有。

井田信二在农村平静的田园风光中过着富足的生活长大。他周围的人都辛苦忙碌地在田地里耕作，只有他即便是在战时，仍过着奶蛋不缺、富足的王子生活。但是当他长大成人之后，最喜欢做的事情竟然是借了别人的东西不还。当物主来催时，他便油嘴滑舌、百般狡辩，让对方无奈而返。这就是他最大的爱好，视击退讨债人为世上最大的乐事。

在这个世界上，视击退讨债人为乐事的人并不多，很多人是不得已而为之；也许一般情况下，对本来就属于自己的东西，不会产生一种贪图的快感。有的人刀枪不怕、昂首挺胸、大显威风，但是这种粗野的行为让人鄙视，觉得可悲。原本只有在走投无路时才会去借债，这种声讨债主的行为只会让人鄙视；不过，如果是走投无路的情况下干出这样的举动的话，也是无可厚非的。

　　但是井田信二这个人根本就不是一个会威风逞能的人，小学时体育就很差，吃得那么好却手无缚鸡之力，连单杠也不会玩，和体育根本无缘。

　　一般这种体弱的儿童会很有才华，可是这也和他无缘。在学校学到的学问无法让他展露身手。因为他是村里的特殊阶层，大户人家的少爷，所以只要大家不说是不会露馅儿的；只要不让他跑步，就不存在输赢。为了不露馅儿可害苦了那些小学老师，他的缺点不经意被暴露出来的话，他就净说些丧气话，是个软硬不吃的白痴。

　　上了中学后，他开始锋芒毕露。由于不会骑自行车，家里就给他在学校附近买了房子，由女佣伺候上下学。从那时开始展露抢夺别人东西的本事。

　　从坐在自己左边的同学那里偷来小刀，并换到右手；再假装是从右边同学的桌子下捡起来的，然后问右边的同学：

　　"这是你的吗？"

　　"不是。"

　　"是吗？是落在你脚边的，那就是没有人要的啰，那我要了！"就这样落入了自己的口袋。他不是买不起小刀，也不是想要小刀。左边的同学发现了后，叫道：

　　"喂！那是我的！"

　　这才是他想要的。那时他还年轻，生起气来眼睛睁得大大的。

"你的小刀怎么会掉在那里呢?即使是你的,如果不是我捡到,你的这把小刀就没了,是我捡到的,就归我了!"

开始了上述的辩论。因为井田信二的逻辑和想法根本错误,因此没办法和他辩论。六法全书中的辩论法则也神奇地丧失了作用,结果小刀归信二所有。

他的这种狡辩的锐利气势就像他家后院的竹笋一样疯长,因为中学和大学都是在外地念的,村里的人对此并没有察觉。战争结束后,他大学毕业回到村里。村里的人们就像迎接一个从孤岛森林里回归的无能者一样,之后几年他都毫不出众。

这年,村里的青年团要举行文化节,几个干事带着募捐记录本首先来到了他家。其中有个干事叫五助,曾是信二的同班同学和班长,此人能说会道,被认做是青年团的希望之星。他心中盘算:如果能见到信二就好了,如果是女佣的话,可能只会给一点礼金就被打发走。后来见到的是信二,他打开和土间连接着的客厅大门。

"快请进!"

"不了,只是募捐,站着说就行了,还得去其他地方。"

"进来坐坐吧。"

"那就不客气了。"

五助嘴上虽然这么说,但是心中窃喜,跟着进了客厅,在一把非常大的皮制扶手椅上坐了下来。这位很久不见、衣食无忧的信二少爷,脸色却不红润,体弱消瘦,可能是不怎么出门的缘故吧。他的眼神就像苦行僧一样郁闷，乍一看并不觉得他是个白痴。这个苦行僧将双手搁在桌上，目光呆滞，说出的话让大家十分意外：

"办文化节竟然还要募捐，真是让人吃惊啊！其他地方办文化节都是赢利的。"

"其他地方是指美国吗？"

"不，是其他的一些海滨小镇。我们大学办文化节的时候也是赚钱的，用门票收入去吃吃喝喝，收入的一半可以落入自己的腰包，可开心了！文化节都是这么办的。"

"还要收取门票啊？"

"当然了！你们想免费办吗？这真是让人吃惊啊！免费是世上最无意义的了，就像钻石一样，不花钱的话就只是一块石头而已。难道你们想让文化节跟石头一样不值钱吗？"

"本来就不用办得多么豪华，只是业余歌手唱几首歌而已。"

"我想问下：什么是文化？虽说是农村，也是有青年团来牵头组织的吧，和镇守神祭祀活动的余兴表演总不同的吧。"

"不好意思啊，我们不可能请得到专业艺人来村里表演。"

"只要有钱就行，聘请艺人，收取门票，再赚点收入，文化节就是要赚钱的。"

"演出行业不景气，专业的都不赚钱，业余的哪还能赚钱呀？"

"正因为是业余性的文化节才赚钱，专业的是不会办文化节的，真是可怜啊！"

"那请你来做文化节的干事，好吗？"

"好啊！行！办一场真正的文化节，让大家赚上一把，一定会办得很开心，这就是青春啊！"他这么爽快就同意了，让大家十分意外。

从那天起，青年团的干事们常常集合在信二家，他家俨然变成了文化节的企划本部。即使办不成，大家也不会有什么损失。不管这个少爷干什么，大家都积极帮忙，没有人表示不满。

"表演脱衣舞节目的话，一定能赚钱。"对于这个主意大家都表示积极赞同，但是苦行僧的话让大家放弃了该想法。

"不行！这是文化节，提高生活品位才叫文化。我觉得可以请爵士乐团和美女帅哥歌手来表演，但不是请专业艺人，比如大学生爵士乐团。"

"是你的母校吗？"

"不是，有的大学生乐团水平比专业的还高，有的还在一流夜总会演出，拿着很高的薪水。我们就请这种一流并且有美女歌手的乐团，是东京都一流的学生乐团和漂亮的兼职女歌手，就像演日剧一样，青春偶像、微风、恋情以及令人沉醉的旋律。打出这样的广告来，你们觉得如何？门票价格定在三十日元，最少销售一千张。"半数以上的人都觉得不太可能，反正也不知道是否真正能办成功，不如都交给信二去办。

信二让青年团团长制作了几份正式的合同文本，然后拿着文本就去东京签演出合同。几天后，不仅签好了合同，还带回近百张印有青春偶像、微风、恋情以及令人沉醉的旋律等内容的宣传广告和五千张入场券。只是以青年团的名义和印刷店签了合同，并未付定金，他期待着过些时日能赖掉这笔定金。

信二将门票分给三十名青年团的主要成员，并严肃地吩咐道：

"利用各种关系和门路，能卖多少是多少，大家要全力以赴。不许过多使用销售额，至少要上交一半，不报销任何杂费。"这三十名青年团的主要成员从信二家出来后，开始意识到他的话的严肃性。

"不能过多使用销售额，他是这么说的吧？那么就是说用一点应该是没问题的吧？"

"他说要上交一半对吧？"

"是啊！这是政治性的含蓄说法，不愧是名门后代，真是比不过他啊！可怕的政治手腕，他哪里傻，手腕真是让人佩服啊！"

"真是个政治家啊！"

"佩服啊！"大家对他的看法一下子一百八十度大转变。

无精打采的昭和大学乐团一行在上野车站集合，歌手小森却说非二等座不坐。这次演出旅行从一开始就险象环生。

在签约时座位等级是由乐团老板来指定的，虽然小森辩解说，三等座是对艺术家的蔑视，其实是因为乐团老板谷和小森一星期前就开始闹矛盾。小森想和夜总会一当社长的常客出去喝酒，这引起了老板谷的不满；告诫她不要当陪酒女，不要做出有损乐团名声的事，这惹怒了小森。

"我不喜欢去地方巡演，我希望风光点。"小森直言不讳地说道。出去演出时他们还从没有坐过三等座，这样看来小森的话似乎挺有道理，也差不多该坐坐二等车了。

田沼也觉得小森的话有一定的道理，把谷叫到一旁说道：

"小森的话不是没有道理，我们就风光点，怎么样？"

"我也想风光点啊！演出费还没有拿到，手头缺钱啊！你能不能先垫一下？"

"开什么玩笑，我有钱的话还用得着去乡下演出？但是她不去的话就难办了，就给她一个人买张二等座吧！"

"那好吧，一张的话还是买得起的，真没办法啊！"

谷愤愤不平地买了一张二等座的票，但是在检票的时候，田沼竟然也拿了一张二等座的票。

"哈哈！歌手坐二等，乐手坐三等，这是艺术的等级之分，对不起了！"

田沼也是名歌手，趁着为小森辩护，自己也捞上好处。五名乐手都是一贫如洗的人，只能羡慕地看着他们。

他们在一个小站下了车，然后再转乘公交车。

"都没个人来接啊！"小森又开始说起风凉话来，不过说来也有道理，谷更加懊悔不已。

"对不起啊！听说公交车没有二等座。"

由于十分生气，谷口不择言地说了这么一句。小森的脸色大变，自己跑去找出租车，但是这个车站好像没有出租车，她心中更是气愤难耐。

"我走着去，你们先走！"

"可是有三里路远啊！"

"不，我就走着去。"

"真拿你没办法，那我跟你一起走吧。"

"你们先走吧，我们找到车就去追你们。歌手可是台柱子，让乐手先走，我们趁机偷偷坐上去。"

"算了吧，哪还有什么车？"

"喂！司机！开车吧！"

"喂！畜生！"

没有办法，最后留下了小森和田沼，五个乐手先乘车离开。

"找到车，赶紧赶过来！"

"你放心吧！"

就这样，由于歌手和乐队兵分两路，歌手晚到了一小时。

"真是太自以为是了，以为自己有几分姿色就摆起架子来！"

"坚持要走三里路，真是顽固得可爱哦！"

"甩开歌手，让大家看看我们的本事！"

"那可不行啊！"

一个乐手指了指演出场地的黑板。这是一个小学教室里的黑板，上面贴有一张海报，右下方贴有一个像玛丽莲·梦露的美女，手夹一支香烟高高举在额头；左边是一个粉红色的裸体美女，中央写有"马草村文化节""大学生美女歌手"几个字，明星、微风、恋爱、旋律，美妙的青春文化节，演出单位：东都一流大学乐团。

"我们好像都是配角啊，马草村的乡巴佬眼光还挺高的。"

"没喝安眠药吧。"

几个乐手大声地抱怨，正巧被信二听到。

信二本来就不是为了赚钱才参加文化节的。事情进展到这个地步，即使让村里那些年轻人小赚一笔，也不觉得有什么意思。

当初他主张让大学生乐团来演出就是另有企图的。因为对乡下姑娘没有兴趣，一直想和傲慢的城市女孩交往，所以打起了文化节的主意。女演员、舞女、歌手、脱衣舞舞女，想来想去还是觉得打工的女学生艺术家更符合自己的口味。所以去东京签约时，比起乐队来更注重歌手的容貌。

因为小森和乐队闹起别扭晚到这件事让信二暗暗自喜，他也说不清为什么。机会都是事出有因的，只有意外的发生，才会有所谓机会的降临。他在冥冥之中一直期待着机会的出现。他在文化节会场所在的小学校门口等待小森的到来，小森和田沼坐了乐队后面一班公交车姗姗来迟，信二上前迎接：

"远道而来，辛苦了！大家都在等着，田沼先生请您先赶紧去会场，森子小姐有歌迷要和你一起吃午饭。"

"真对不起！我们晚到了，还有时间吃午饭吗？"

"当然有。田沼先生，会场在那边。"

由于小森不容分说被带走，田沼只能一脸诧异无奈的表情走向会场。信二领着森子朝自己家走去。

"我当歌手后没登过几次台，怎么会有歌迷？"

"我就是你的歌迷啊！"

"什么？不会吧？"

"您能接受我们的邀请，我们感到非常荣幸！"

他煮了咖啡，热情地招待对方。

"不好！得去表演现场了。"

"是啊，都是一些乡下人，不用太认真唱，乐队和田沼应该会应付的吧。"

"不行，得快点去。"

"唱完后还想再见到您，不知……"

"好的。"

小森唱完五首流行歌曲就退场不见了踪影，稍事休息后乐队和田沼又开始卖力地表演。下雨天的体操场上挤满了年轻人，有人大叫：

"怎么不见女歌手啊？"

最后竟跺起脚来，一片混乱，五助上前说道：

"各位！小森小姐突然生病不能演出了，接下来请田沼先生一展优美歌喉，请大家安静！"

马草村文化节音乐和歌谣部分总算圆满结束，五助来到乐队面前说道：

"大家辛苦了！本想请大家吃晚饭的，但是快赶不上公交车了；大家都忙得一团糟，会计也不知去哪儿了，不知销售情况如何，所以今天结不了账。请大家先收下回程的交通费一千七百七十日元，演出费一结算好就会给大家寄去。时间差不多了，错过这班车就没有车了，大家赶紧吧！"

"真想喝杯茶啊！"

"算了吧，这里和东京不一样，错过了这趟车就回不去了。"

"小森人呢？"

"现场这么乱，说不定她先回东京了，大家让让，让我们的艺术家们先上车！"五助央求观众让六个人先上车，他们觉得事先约好的每人一千日元的酬金不会不兑现的，于是没有多想，急急忙忙就上了车。在车上才发现只收到回程的路费，连买个三明治的钱都不够。中午每人只吃了三块蒸土豆，就这样几个人饿得有气无力返回了东京。

信二将小森领到自家后院的小树林里，说是散步消化消化，其实是想借机表白。

小森听从了信二的话，唱完歌就离开了会场，其实之所以这样做的原因之一就是要让谷为难。她不想见到谷，只想唱完了就去一个看不到他的地方；除此之外还有一个非常现实的原因。

"您是文化节的干事，对吗？"

森子的这个问题坦率而现实，与当时气氛有些不协调。

"说是干事，只是个跑腿儿的。大学生在农村很稀罕，其实没有实权。"

这话并不谦虚，并且巧妙地维护了自己。信二脑子转得挺灵活，不过并不能说明他有多么聪明。

"果真是干事呀！"

"是的。"

"也许不该对您说这些话，我对乐团老板谷签的文化节合约很不满，和乐手们闹翻也是由于这个原因。本来往返火车的都是三等座，但是只有我是坐二等座来的。你也许会说只是个新手就这么摆架子，但是我虽然是打工的学生，我也想风光些，不想连去地方表演都那么寒酸；村里的人也应该去车站迎接一下，这只是我的个人意见。谷太卑鄙了，觉得我只是一个学生业余歌手，唱歌也不专业；但是即使是这样，我也想坐二等座。本来想从车站打的来会场的，但是没有出租车，就只能将就了。"

寂静的风景没有起到任何作用，抒情的感慨如同被泼上凉水。信二从痴梦中彻底醒来，他意识到一点：欠债并赖账才是人生乐趣。一个年轻貌美的女子气势汹汹、振振有词地跑来要求报销二等座车票，这并不是一个好看的场面。这个女人的清新爽快让他觉得浑身发冷，他恍恍惚惚地振奋起精神。

"您说得很对,别说二等,就是特二等或一等也是应该的。我也想马上报告干事长,给您一个满意的答复,但是他们的想法可能差不多。能步行就不坐公交车,能坐汽车就不坐火车,他们自己也不例外。所以火车三等席在他们看来太奢侈,最好在火车顶部设个四等席,在底部设个五等席,甚至连五等席都不想坐,最好就是步行。要说服他们比登天还难,不过为了您,我愿意也很乐意和他们作作斗争。"

"并不是件开心的事,只是场纯粹的商业交易。"

"能为您的这场交易效劳我感到很高兴,人生就是交易的附属品。"

"是吗?"

"您是女歌手,是靠您才吸引来那么多观众,您的报酬是六个人的总和也是应该的,我去向干事长请求。"

"那不太可能。"

"是啊,要想让他们掏腰包是挺难的。"

"我只是想让谷看看只有我一个人可以报销二等席,这对我很重要,我也有我的尊严。"

"那是应该的,请您在客厅里稍等一下,我去叫干事长来。"

信二心里窃喜,真是太好了!没有比金钱关系更紧密、更赤裸的人际关系了。所以只有在此时,人与人的心才靠得最近。借贷双方坠入爱河本是人生一件很自然的事,但是人生往往充满讽刺,美女不会是穷人和高利贷者,贫贱不会产生伟大的爱情；更何况还有小森的飒爽英姿、勇猛无畏以及饱满的情感，只有真正的男人才能将其全盘接纳。

信二把五助叫到一旁，吩咐道：

"小森要报销二等席车票，你能不能扮一下干事长，做下恶人。"

"这没问题，只是让她一个女的坐二等席不行吗？"

"不行吧，她好像带了钱，回去的票给她买张三等席就可以了。"

"我可能做不到那么绝啊！"

"那我来做，你就扮一下干事长。"

"好，知道了！"

信二把五助带来见森子，五助叼一根香烟，一副董事长的派头。

"听说了二等席的事了，我也想给你报，但是预算有限，而且预算和预想的完全不同。今天一千几百人观众里，买票入场的只有三十个左右，一人三十日元，总共才九百日元，太少了，很难给你报销啊。"

"这可是你们主办方的责任。"

"是啊！有人说死了算了，有人又舍不得自己的命，真是不知该怎么办才好啊！"

"什么叫不知怎么办才好？自杀总做得到吧。"

"话虽这么说，我们会再研究的，但是二等席的报销，无法办到。"

"不能这么推卸责任，观众那么热情，是你们弄成这种地步的，你们得负责任，我等着看你死呢。"

"难办啊！得和大家商量下。"

"你不是干事长吗？"

"但是在我们村，干事长就和小学班长一样，没有分文酬劳，所以也没有担负责任的规定。"

"真卑鄙！我去告你，你等着到法庭上去辩解吧！"

一听到"法庭"这两个字，五助像被电击中了般，惊恐地缩成一团，大惊失色；渐渐变得垂头丧气，董事长的派头瞬间消失。

信二给五助点上香烟，静静地吸了三四口之后，说道：

"是不负责任，但是这里是农村，对任何事情都没法负责。没办法保证红薯和小麦的收成，红薯、葱就像农民的朋友，农民也如同它们的同类，天生就不会负责。这样的人办的文化节注定不会成功，所以也给你们大学生带来了麻烦，今天的观众也是些红薯。损害赔偿是战败国的重大课题，炸弹在城市爆炸会造成破坏，但是在农村只是留下一个坑而已，然后再把它填平，炸弹的残片会永久留下来。也就是说，在农村呢，完全不用担心战争损害赔偿，这里根本不是人住的地方，这里也没有民主主义。下雨、日出、红薯生长成熟，仅此而已。虽然我反对战争，我们总是这样向同胞们号召，但是农村并不反对战争；道理就是我前面说的，这也是我们的不幸，所以就是这么一回事。"

信二黯然地闭上眼睛开始沉入冥想，这番话简直比政界大腕儿们的话还难理解，但是似乎深受感动，静静地点头总结道：

　　"就是这么一个道理。"

　　"这是什么道理？"

　　"就是刚才说的那样，结果真是让人悲痛啊！"

　　"怎么这么冷？鸡皮疙瘩都起来了！"

　　"是啊！傍晚时分，土中的农作物都在呼吸空气，突然变冷了。"

　　"我以为又是因为你。"

　　"真要谢谢您！"

　　"什么意思？"

　　"我真的是这么想的。"

　　"这个村子真是与众不同，就像在外国一样。"

　　"这不是很好吗？在这青春之夜，做一做异国的梦。"

　　"啊！真不轻松啊！"

　　"小森小姐！"

　　"别叫得那么难听，我要走了，你们记着，二等席的事我不会就此罢休的！"

　　"喂，等等！"

　　"真受够了！"

　　"还是要告诉您，末班车已经没有了，要等到明早才有。"

　　"我的同伴呢？"

"我不知道。"

"我已经让您的同伴去坐末班车了，现在应该已经在车上了吧！"

"你没告诉过我末班车时间，对吧？"

森子愤怒到了极点，信二心里却乐开了花。气愤、盛怒，这才是最真实的关系，充斥着两人的内心。愤怒、爱恨只是表面的，重要的是在内心深处要先有共鸣，然后就看时机和命运安排了，这就是他的哲学。

"今天的文化节上，年轻人都喝多了，女孩子走夜路会很危险。"

"不关你的事！"

"不行，我得陪着您。"

森子急匆匆地走着，天一黑就伸手不见五指，难以前行。信二跟在后面距离三步远的地方，她看到天色全黑，觉得信二的存在也是一个依靠。看来走不到车站了，途中也没有旅社，只能返回马草村。

"只能回村里住一夜了。"

"是啊！只能这样了。"

"夜路你也走得了啊！"

"我也什么都看不清，还是得走啊，您扶住我的背。"

"不要，脏！"

"那您就拉住我的衣服带子，还够长。"

在这个没有月亮、星星的晚上，信二只能摸索着前进。

照这样的速度，走一个街区要花上一小时，最后无计可施只得匍匐前行，也不知这样一来速度是否加快了。就这样走过了七八个街区，终于到了看得见灯火的人家，借来灯笼平安地走到了家。

信二的这种走路姿势让森子大吃一惊，不过还是佩服他的毅力和勇气。她借着灯笼的光，看到他的膝盖血迹斑斑，曾觉得他是个色鬼，说话色迷迷；但是在黑夜里并没有做出格的事，所以觉得他还算是个绅士。到了信二的家后，不禁松了一口气，在明亮的灯光下觉得信二像老朋友一样格外亲切。

森子曾有一种虚无缥缈的感觉。在夜总会和社长喝酒，到处去玩时也觉得虚无缥缈，但是还是能感受到人性的存在。但是这次却不同，让她丝毫感受不到，只觉得愚蠢，都是些红薯般的人，没有真正的人性。

"我妈妈想和您一起吃个饭。"

"不用了，今晚我想喝酒，喝个一醉方休，不能让你妈妈知道。"

"她会理解的，那我们今晚就喝酒吧，真高兴啊！"

两人喝着喝着，信二又怪声怪气地叫道：

"森子小姐！"

森子一怔，应声答道：

"怎么了？"

这次回答的语气温和，极富女人味。

第二天一早，青年团的三十名干部来到了信二的家进行文化节的开支结算，这让森子十分吃惊。

他们带来了负责销售的五千张入场券中剩下的三千六百多张票，也就是说销售了一千四百多张。他们私下约好其中六成作为自己的收入，只上交四成，但是有的人连四成都交不出来。

"实际上，资金回笼状况不佳，现在手里只有八张票的钱，真是太惭愧了！都没脸见大家，这和农村经济不景气有一定关系，请大家原谅。"

还有的人实际卖了四十八张，却只上交八张的钱，平均下来连三成都不到，最后信二手头上收到的总额为大约一万日元。

乐队和歌手一天报酬总计七千日元，往返旅费四千多日元，光是这个费用都不够支付，更别说广告费等其他杂费了，原本就想赖账的信二镇定地说道：

"乐团旅费一万一千一百三十日元、学校租借费用、广告及印刷费、茶点费、人员开支等支出是两万三千二百五十五日元，总计达三万四千三百八十五日元，根本就入不敷出，这也没办法，都怪农村经济不景气啊！"

会议是由信二主持的，五助交出十来张纸币后，跪在地上磕头致歉。这让森子更是惊异不已，让人不得不佩服他的厚颜无耻，即使是山贼也不会厚颜无耻到这般地步。这群人交完钱，道过歉，致过谢后就都回去了。森子还没搞清楚是怎么回事，只觉得这个奇怪村子的人比山贼还古怪可怕。

"你是干什么的？好像是个村里的大老板。"

"表面看起来是那样的，其实只是个跑腿儿的，他们才真正赚到了钱。"

"那一万日元给我吧！"

"这个要支付一部分杂费。"

"那我的那部分呢？"

"这个嘛，您都看到了，农村经济这么不景气。"

"怎么会？不是挺景气的吗？"

"您的想法就和税务部门一样，现在我们家在做烧炭的买卖，在东京四百五或五百日元就能买到，但是我们通过中介卖的话一袋只能卖五十五日元，开价五十日元，为了多卖五日元得讲价半天，真是求爷爷告奶奶啊！"

"我不相信。"

"我带您去看看吧！好好看看农村的现状吧。"

信二硬是要领着森子出去看看，到了大马路上才开口说道：

"去城内看看吧，在那里就可以看到日本农村的真面目，听到农村苦闷挣扎的呻吟声。"

两人坐上公交车。

"本以为只是出来散步的，我没有带现金，能帮我付下车票吗？"

森子帮他付了车票，信二看到她的钱够回东京，心中松了口气。到了车站前，信二对森子告别并说道：

"村里还有一个重要的事情,这辆公交车可以换乘去东京的火车,并且不用等多久,谢谢您的演唱,再见!"

"等等!"

"怎么了?火车马上就要进站了。"

"你……有钱买车票吗?"

"我和司机认识。"

信二坐上了公交车,森子也上了车。气愤不平的她本想等机会好好治治他的,现在终于领悟到跟这种没有人性的红薯作战是不可能取胜的,给他垫付车票也许是上天注定的,只好作罢。

精神病备忘录

精神病覚え書

精神病覚え書

　　一个多月的睡眠治疗结束后，开始有了食欲，也能稍微行走，但还不能到室外散步；所以我装作医生的样子，去门诊部看了看。幸好我的主治医生是门诊部主任——千谷医生，不容分说，我是随意闯入的。

　　不知其他精神病医院是怎样的，至少在东大附属医院里，这家精神病院是最好的。医生、护士、护理人员都非常为病人着想，尽力不让他们感到焦虑，其他医院肯定不会做得这么周到。我即使是因其他病住院，也会住进神经科，因为我觉得这里的专门病房是最好的。

　　我在门诊接受预诊时，还有二十多个病人，其中有七八个是学生。听说因为正值假期，学生家长都说是"抽风"，没有一个人用"癫痫"这个词。

　　这些患抽风的学生，都是智能障碍者，没有丝毫像陀思妥耶夫斯基的病态，大部分看起来都很普通。

听千谷和一些年轻医生说，保罗患的病可能就是癫痫。从《圣经》中描述的保罗来看，可以看得出有癫痫的征兆，通常都认为穆罕默德得的是癫痫。狂热的信奉确实会伴随一种幻想般的确信，在宗教家里面的确有不少癫痫病患者。

在我出院前两天，小林秀雄来看望我，他说梵高患的不是分裂性精神病，可能也是癫痫。

精神病医生之所以认为梵高患的是分裂性精神病，只是读了雅斯贝尔斯①的相关著作后才那样认为的，并没有像小林秀雄那样，看过癫痫病的相关文献。

小林秀雄在十多年时间里查阅了陀思妥耶夫斯基的相关文献，现在又在研究梵高，据说陀思妥耶夫斯基和梵高在发病时的表现竟然极其相似。

两位艺术家都对自己病情发作时的情况有过描述，发作时都会闭门不出，专心研究。小林说了一个词好像是"ruridyazu"，我们俩是在喝酒时聊到这番话的，我忘了具体详情。两人的手记中好像都用了这一相同的词语来描述，所以小林怀疑梵高的病也是癫痫。

还不能仅凭这种相似性就断定梵高患的是癫痫，本来分裂性精神病就有许多种，也许无法计数。

分裂性精神病的多样性正说明了精神病医学还不够发

---

① Karl Jaspers（1883—1969），现代存在主义哲学的主要奠基人之一，著有《世界观的心理学》《哲学》《论真理》等。

达，它只是将多种病情归纳成一个病名而已。

事实上，关于精神，不仅仅是医生，文人和哲学家们对它的本质还不甚了解。

小林秀雄问东大是否采用了弗洛伊德的精神疗法，当他得知没有时，显得非常意外。

在我入院前，对弗洛伊德的精神疗法评价很高，但是入院后突然坚信这种方法行不通。

我怀疑分裂性精神病有其潜在意识的成因，我得的是抑郁症，还患有安眠药中毒。与分裂性精神病相比，虽然抑郁症也有一些潜在意识的成因，但是被压抑是其病情恶化的原因之一。

在东大主要是通过睡眠维持疗法来治疗抑郁症，也应用了电气疗法（分裂性精神病的治疗法有胰岛素治疗、电气机械治疗或脑科手术）。

我接受的是睡眠维持疗法，通过服用一种安眠药，人为使患者昏睡一个月；在昏睡期间患者可以进食、排泄，有时还可以和医生交谈。听说我则是睁着一只眼睛看书和报纸，但是我醒后，却对此一点记忆都没有。睡了一个月醒来后，就像只睡了一晚上，一开始怎么也不相信睡了一个月。不仅仅作为治疗手段的睡眠维持法会出现这种现象，安眠药中毒也是如此。入院前，我过量服用安眠药（二十四五天服用了四五十片）导致昏睡，醒来后自己觉得只睡了一晚上，实际上过了一周。这样令人难以相信的情形有过三次。

睡眠维持疗法和安眠药中毒有个共同特征是在迷迷糊糊的时候，人会变得性欲强烈。我不知是不是所有人都会这样。但是，有些人一边想抑制性欲一边用药，安眠药不仅不能起到作用，反而会刺激性欲的神经，所以这样的结果也是顺理成章的。我并不是指弗洛伊德式压抑精神的解放，只是觉得如果药物不会伴随出现这样的副作用就太好了，最好能发明出一种这样的安眠药。

在东大接受的睡眠维持疗法用的是一种名为索佛那的安眠药，在半清醒状态时会变得性欲旺盛，但是不会变得行为粗暴，若安眠药服用过多的话就完全相反。日本医学界还没有安眠药中毒患者的病例，千谷说我是第一例。我住院一个月之后就出现了第二例，是一个二十八岁的女性，听说服用量是我的两倍，症状非常厉害，出现了凶暴性症状。

从我自身经历来说，服用安眠药一定要注意剂量，定量就是一片，最多不超过两片。

安眠药会使人睡得酣沉，但是我睡一个或一个半小时就醒，然后又服用，就这样慢性中毒。但我是由于工作原因不得不过量服用，总之是因为生活没有规律。中毒会伴有严重的幻听现象，行走能力丧失，内心沮丧和痛苦，我告诉自己要尽量注意，但是由于两个月内和一家杂志社解约，要支付五十六万赔偿金，又不得不马不停蹄地写，两三个月后十分担心会不会又要住院。我坚信必须要有克服疾病的意志力，必须战胜疾病，或许我能赢吧。

话说回来，我住进东大，当我听说接受的睡眠维持疗法会使人昏睡一个月时，让我想到的是弗洛伊德。我怀疑其实就是让病人昏睡，医生再给予暗示，让压抑的意识得以解放的一种疗法。

在因幻听严重难以入睡的夜晚，我一直在心里叫喊："不行！绝对不行！"我领悟到：在精神最为衰弱、最为不稳定时期，弗洛伊德式的治疗方法实际并不可行。

也就是说，在我精神最为衰弱、不安定的时候，不需要任何暗示，任何压抑都变得不可能，这种不可能的压抑最让我痛苦，并使病情恶化。也就是说，身为病人的我那时最需要的就是压抑，不能使压抑解放。如果把所有的压抑都解放了的话，毋庸置疑：人就会变成动物，只有色和性。

弗洛伊德疗法在理论上结构非常巧妙，但并不是一种符合实际的疗法。

从我个人角度，所谓一个患者急切想要的并不只是健全的精神这一模糊的东西，而是自我理想化的精神结构。

所谓的健全的精神指的是什么呢？它的标准是什么？可能是一个限度的问题，但是对于患者的我来说，这并不是一个问题。

那时，我这样想：精神病发病的原因之一，不是由于意识被压制，而是对自我理想化精神结构的强烈追求与现实的不平衡所致的。这也是在我恢复健康后，观察精神病患者得出的结论。

我见到十来个门诊患者来就诊的时候，千谷问我是不是很吃惊，我只回答了一个"不"字。

除了一个患者之外，其他人都极其寻常，都是我常见到的类型。像我们从事文字工作的人，几乎每天都有不认识的青年来访，其中有一部分就是精神分裂症的患者，和这些来东大精神外科看病的患者没有什么区别。

有的年轻人与你相对而坐，近半小时都不说一句话，沉默不语，之后就悄然离去。还有的年轻人带着简历和身份证来请求帮助介绍工作；你给他写好介绍信，和对方杂志社电话联系好，人却消失得无影无踪，一个月后又出现在面前讲述当时为什么没去；而后又拜托让写同样的介绍信，如此反复重复。还有的寄来文稿想让我读读，第二天打电话来又说觉得不好意思，让我把文稿烧了，过一天又来电说那是部杰作让我一定给看看，隔天又说还是烧了吧，如此反复重复达十天之久。还有的说要把自己的五个手指砍了，让我给每个手指寄一万块钱，等等。大概每个作家都有相似的经历吧。

我在东大精神科门诊看到的这十来个患者，即使出现在我的客厅，我也不会觉得不可思议，我觉得文人的客厅和精神病院的门诊室有相似的地方。我不禁苦笑：倒不如在我的客厅隔壁也造一间电气机械治疗室，也便于我就医。

可以这样说：其实在我的客厅和精神病院门诊室的这些患者，他们真正烦恼的并不是来自于潜在意识，而是强烈的愿望和现实的不一致。

其实他们都知道自己的烦恼所在，只是不对人说而已；而且他们知道：即使向别人倾诉也无济于事，所以变得厌恶他人，不知不觉精神消磨。我的客厅和精神病院门诊室不同的地方在于：来门诊室的病人并不是他们自愿的，都是听从别人的劝说来的，所以对医生只会说一些并非出自内心的话；而来我的客厅的人则相反，他们是自愿的，努力想袒露真实的内心。

所以这些患者对道义的内省要比普通人更深刻，如果不是在发作时期，他们的行为通常端正谨慎。精神病院的护士们会对患者态度和善并热爱这项工作，可能就是由于患者本性质朴正直的缘故吧。

一般来说，犯罪似乎总是伴随着精神鉴定，且不说在癫痫病发作期或异常发作的场合。像小平这样的情况，如果说是精神异常就不太合适了，对"罪犯"应该有明确另外的定义。通常，精神病患者对自己的苛刻是一种过度的压抑，不会具有像小平那种的普通性以及具有动物性质的当然性。精神病患者对抗的最大敌人就是自身的动物性，我之所以认为小平不是精神异常，而是普通的犯罪，原因就在于此。精神病患者对自身苛刻，所以比起普通人来，离犯罪更远。

在家庭或职场，如果没有摩擦的话，或对自身不强加戒律的话，就不会患精神病。所以，身居要职或严于克己的社会人大多易患精神病，而小平几乎就是普通人的状态。

在我见到的门诊患者中，只有一个是在我的客厅里没见过的类型。那是个女性患者，四十七岁，从穿着来看，似乎是个农家主妇，膝盖和脚部两个地方被带子和手巾捆住，一个像她丈夫的年轻家人抱着她走进了门诊室。

她出现了严重的幻觉，不停地左右来回叩拜天皇和观音，对医生的提问一概不回答。每当那个像她丈夫的人回答医生提问时，她便生气地用手甩开他。

我的客厅里没有出现过这样的患者，但是这种患者大多都是由于某种宗教问题，且不说教主是什么人，这些信徒到底是不是人呢？精神病患者到底是些什么人呢？

东大神经科并没有重症患者，因为没有相关医疗设备。仅在走廊的出口处上了锁，每个病房都没有上锁，窗户镶有铁窗，病人逃不出去。但是窗户和普通的房间位置一样，凶暴的病人可以进入其他病房并砸碎玻璃。

听说我的房间以前是某A级战犯发病后住过的病房，由于是玻璃窗户，所以后来被送往松泽的医院。在东大门诊室，经过千谷的诊断后，将重症或凶暴的患者送往松泽的医院，所以在我那栋病房，除了脑梅毒患者，并没有重症患者。

分裂性精神病在二十岁前后发病，呈周期性复发，无法根治；病人通常是些第三次，甚至第六次住院的顽固患者。但是，并不会在智能上有所损伤，只要有从事工作的才能，除了外人的异样眼光外，很多人并不需终生接受治疗。

现在，只要不间断服药，癫痫病也不会发作。脑梅毒就不一样了，它会损伤智能，导致痴呆，如果身体条件允许，可以通过疟疾疗法来治疗。我在住院的时候，有个四十岁左右的女脑梅毒患者总会在走廊来回走动，她已经没有体力接受治疗，只得注射青霉素，依靠人工营养维持；最终变成痴呆状态，听说最后的命运就是发狂而死。

问题是那些患分裂性精神病、抑郁症、狂躁抑郁症的患者。我所处的住院区并没有重症患者，所以对他们的病症并不是很了解，我是单人病房，除了在走廊和厕所擦肩而过，并没有和其他患者有特殊的接触。

当时我出现幻听症状，因绝望而痛苦时，千谷让我马上去就诊并住院，但是没有单人病房，只能住进五人间的病房。

那时我觉得精神病患者非常凶暴，并且自己不能行走，失去了防御和抵抗的能力，内心充满恐惧感。

碰巧石川淳来探望，他觉得多人病房不错，因为只是睡个觉，其他人并不会造成干扰，建议我尽早住院。以前他也和别人合住过，就像火车的卧铺车厢，虽然无法判断同住一间房的人是杀人犯还是强盗，但是也无须担心，一般是不会有什么问题的。他安慰并劝我去住多人病房。

至今我还清晰地记得，石川淳感慨道："现在合住房间已经不见踪迹了。如果有的话，说不定洋装等衣物会被偷得一件不剩，这个社会真不太平啊！"

但是，到东大神经科办理住院手续时，碰巧有一个患者提前出院，我得以住进单人间。当时极其虚弱的我觉得真是太幸运了。后来治疗结束、恢复健康后，觉得有些遗憾没住进五人间，没能仔细观察到他们的生存状态。

在走廊、盥洗室和厕所，那些无礼、缺少常识、粗鲁的人都是陪护者，反而患者显得稳重谨慎。

得知我住院后，前后来过十来批带着摄影师的记者。千谷想尽办法阻止他们，于是出现了我因吸毒中毒的谣传，以至三个负责毒品调查的警视厅警员来调查，千谷抱怨说：把病历给他们看，花了两小时才让他们信服。

后来又写出各种谣传：说我从精神病医院三楼跳下自杀；十来批带着摄影师的记者的来访给医院带来了困扰，所以医院拒绝我和记者面谈等。

我不得不怀疑写出这种报道的社会部记者们的教养，精神病患者发病时，在痛苦的状态中根本无法与他人会见。连续数日无法进食（身体技能丧失），不能行走，甚至不能说话。因幻听和绝望痛苦不已，处于易自杀或杀人的危险且不安定的状态当中。在这种状态当中，应该得到亲密的人的安慰和鼓励，不能见那些不认识或不怀好意的人；如果见了的话，会变得不知所措，只会使病情恶化。所以医生才会严厉拒绝和新闻记者见面，新闻记者连这一常识都没有，让人实在难以理解。

对于这种新闻记者和报纸，我只能认为他们太不通常理，不是患了精神病，而是犯罪，即"小平式的罪犯"，最终会引发战争式的混乱。精神病患者不会这般无礼、缺乏人性。就像我在前面说到的那样，虽然和自身的非人性作斗争，最终战败的也许是精神病患者，但是精神病患者的特质之一就是：克己和尊重他人，这点必须牢记。

去年，帝银事件嫌疑人平泽被带到东京时，报纸谴责当局将嫌疑人公之于众是不道义的行为。但是如果警视厅秘密将平泽从小樽带到东京被新闻记者发觉到了的话，就会作为谣传在报纸上大篇幅地加以报道。在平泽事件之前，水户的某人在秘密接受调查时，报纸将之大篇幅报道，当时当局就是秘密进行的。

认为公之于众的做法缺少道义，却以独家新闻沾沾自喜；自己的所作所为并不道义，却责备他人，不知反省自身。精神病患者不会忘记自身反省和对自身无礼的自责。所以，如果说精神病患者是不正常的话，精神病院之外的世界更是荒唐怪诞，并不是精神病性质的不正常，而是犯罪式的行为。

精神病患者或许是与自身的非人性作斗争的战败者，但是大多数普通人忘记了和自身的动物性作斗争，不作自身反省，安睡在自身的动物性上。

小林秀雄也说过，相比之下梵高要更"健康"，梵高也说过："精神病院外的那些人不可理解。"对此，我也有同感，精神病院外的世界丧失道义、充满罪恶、荒诞无比。

"人类应该怎样好好地活着？"——在精神病院里的我，对此充满强烈的企盼，那些想要好好活着的人像精神病患者一样不正常。然而，不懂得如此思索之人，虽不会像精神病患者一样不正常，却总如罪犯般背负着罪恶。

坂口安吾年谱

坂口安吾年譜

明治三十九年（1906年）一岁

　　十一月二十日，在新潟市西大畑町，排在家中十三个兄妹中第十二的炳五出生了。原籍是新潟县新津市大字大安寺509号。父亲坂口仁一郎，安政六年一月三日生人，历经新潟米谷交易所理事长，新潟报社社长，县会议议长，而后升职为众议院议员，最后任宪政会的党总务职务。其父政界友人中有町田忠治、加藤高明、若槻礼次郎和犬养毅等人，经诗友市岛春城介绍，与大隈重信亦有来往。师从森春涛，封号为五峰，倾注三十九年心血著有名著《北越诗话》上下两册。同时，与会津八一亦私交甚厚。明治六年十月，仁一郎十五岁之时与玉井氏的女儿波麿子结婚。明治二十二年十一月，其妻波麿子去世，留有秀、雪、濡衣三个女儿。明治二十四年八月，又与大地主吉田氏（五泉市本町）的女儿阿佐结婚。此阿佐即为炳五的母亲，炳五为她的第五个儿子。兄妹排行顺序的是：秀、雪、濡衣、绢（养女）、石、吉、秋、七松（夭折）、成三（夭折）、上枝（男）、下枝（女）、炳五、千鹤。坂口家先祖甚兵卫曾在肥前唐津做陶工，而后离乡前往加贺的大圣寺做九谷烧的陶器工匠。甚兵卫有个弟弟，当时在奥州的棚仓藩奉公任职。此后，棚仓藩的领地转到关东川越，据说其弟作为留守居一职拥有相当权力，所以当甚兵卫来越后长冈之时，有许多陪同者簇拥。甚至坂口家从越后金屋搬迁辗转至阿贺浦村的大安寺时搬运了大量的财产，甚兵卫的官印一枚枚罗列起来，据说能达到五头山的山顶之高度，如今仍保存着甚兵卫的旧式宅邸的遗迹。当时有这样的歌谣流传着：在阿贺野川流域，有下新的赤间德左卫门，大安寺的坂口津左卫门，福冈的藤七这三大家族，即使阿贺野川的河水流尽了，这三大家族的金银财宝也用不尽。

明治四十四年（1911年）六岁

进入幼儿园。可是，厌倦死板的生活方式，经常逃避幼儿园，一个人在未知的路上彷徨走着。在家中喜欢阅读报纸讲谈和相扑的新闻。

大正二年（1913年）八岁

四月，新潟寻常高等小学校入学。

大正四年（1915年）十岁

　　父亲以放任主义的态度培养孩子，导致对安吾的调皮倔犟束手无策。在外是管不住的孩子王，在邻居们的眼里是令人讨厌的孩子。下雨天则没办法，只好躲在屋檐底下读着喜爱的立川文库，模仿着猿飞佐助的姿态，偷偷地研究忍术的方法。

大正八年（1919年）十四岁

　　四月，县立新潟中学入学（现在为县立新潟高等学校）。从此开始对家庭感到憎恨与害怕，在天空、大海、风中感受到了故乡和爱。班级同学中有个叫池田寿夫（此后的左翼评论家）的。中学时代有个叫涩谷哲治的直言快语的汉语老师。听说有一次，他突然对坂口大吼道："哎！你小子炳五这个名字与'明亮'一词同音啊。可是，看你可完全不是一副阳光的样子啊。作为五峰先生的儿子，这个样子可是不行的啊。今后就别叫炳五了，给自己取个暗五的名字吧。"说着便在黑板上大笔一挥写了下来。从此，班级同学都把炳五称作"暗五"了。

大正九年（1920年）十五岁

　　大部分时间不去上学，因此留级了。与此同时，开始对谷崎润一郎的作品及巴尔扎克的《绝对的探求》和《文学的本质》产生了浓厚兴趣，同时萌生了早日成为小说家的梦想。

大正十一年（1922年）十七岁

　　中学三年级的时候，家里放心不下便请来当时新潟医大名字叫做金野岩的秀才给他当家庭教师，可他依然是时常逃课，晴朗的日子里经常前往砂丘的松林，而下雨的天气则躺在学校旁边的面包店二楼里睡大觉这样混日子。就这样，这一年的夏天，他被学校开除了。那时，他在学校教室的课桌盖子的背面刻上了这样的一行字："现在我是一个伟大的落伍者，也许会在某一天，我会在历史当中重新崛起！"他将爱伦·坡和波德莱尔、石川啄木等人看做社会的落伍者崇拜着他们，并深受他们的影响。这年秋天，父亲仁一郎没有办法，便把他叫到户塚取访町的家里，随后把他安置入学在了真言宗豊山的豊山中学（现在为日本大学豊山高等学校）的三年级。坂口安吾即便在这所新学校里依然是逃课如旧。但可喜的是，这期间他对棒球、游泳和田径运动产生了浓厚的兴趣，特别是在棒球方面，作为投手活跃在球队当中。而且在跳高方面，还在校际运动会上拿过桂冠。

大正十二年（1923年）十八岁

　　七月，从新潟的老家搬迁到了学校的一个背街小巷里。十一月二日，其父由于细胞肿瘤在东京的户塚去世，享年六十五岁。此时，开始对宗教有了一种模糊的崇拜和感到了一丝乡愁。经常在学校后面的墓地和杂司谷一块儿深处的囚犯墓地的草地上与同班的拳击手在一起玩耍。受那友人的委托，以其友人的名字在《新青年》刊物上登载了一部翻译本的拳击小说叫《人心收揽术》。当时的稿费是每张纸三元。

大正十四年（1925年）二十岁

三月，丰山中学毕业。当时听周围的一些人说讨厌上学的人即便是上了大学也没什么出息的，他也认为如此。随后，成为了世田谷下北泽教区的代用教师。这期间，对众多的文学作品产生了兴趣，尤其是反复阅读契诃夫的《没意思的故事》这部作品并深受感动。与此同时，向悬赏小说《改造》也投了稿，但是落选了。

大正十五年·昭和元年（1926年）二十一岁

中学时代感到的那种残酷的宗教求道的憧憬和乡愁更加强烈，决心从学问方面研究佛教。不久辞去教师工作，进入东洋大学印度哲学系继续深造。

昭和二年（1927年）二十二岁

入学以来，为了达到修身开悟，在一年半的时间里一直持续着每日只睡四个小时的生活习惯，最后终于患上了神经衰弱。最后通过梵语、巴利语、藏语、法语、拉丁语等的学习，不久就克服了这一毛病。

这一年，遭遇了车祸。虽不是特别严重的事故，可是从那以后，心里经常产生一种被害妄想症。七月，对芥川龙之介的自杀极为震惊，自己也时常出现自杀的念头。

昭和三年（1928年）二十三岁

进入雅典·弗朗塞外国语学校学习。同班级有个叫菱山修三的人，学习很优秀，喜欢读莫里哀、伏尔泰等的作品。而对当时极为兴盛的左翼文学丝毫无兴趣，倒不如说被正宗白鸟、佐藤春夫、芥川龙之介等人的作品所吸引。在给友人山口修三的书简中这样写道："我最近感觉到，自己决心要步入颓废派的生活当中去。这种强烈的思绪搞得我很忧郁。此思绪也许不久就会在我的全身内燃烧"。

昭和四年（1929年）二十四岁

十一月，兄长兽吉作为新潟报社东京分局的局长，发行了一部可以说是关于父亲仁一郎的追忆录《五峰余影》。

昭和五年（1930年）二十五岁

三月，东洋大学毕业。十一月，与雅典·弗朗塞外语学校的友人和同人们创刊了杂志《话语》。

同人当中，主要有江口清、葛卷义敏、若园清太郎、青山清松、大泽比吕夫、阪丈绪、本多信、关义、片冈十一、胁田隼夫、山口修三、山泽种树、根本钟治、吉野利雄、野田早苗和山田吉彦等人。

昭和六年（1931年）二十六岁

一月，在《话语》上发表《从枯树酒仓里》。虽《话语》在二号刊时开展不下去而抛锚，但是在葛卷义敏、山田吉彦等人的努力之下，在岩波书店发行了其后续书刊《青马》。在五月份的刊号上发表了《寄予故土的赞歌》。六月，在《青马》上发表《风博士》。当时此作品在《文艺春秋》上受到了牧野信一的大加赞扬。此后又在二号刊上发表了《不眠症》的译本。七月，在《青马》第三号上发表了由岛崎藤村夸奖，并由宇野浩二推举的《黑谷村》。由此，通过这两部作品，坂口安吾作为新进作家被当时的文坛所认可。受永井龙男的推荐，他的两部作品《海之雾》和《霓博士的颓废》分别刊登在了《文艺春秋》九月号刊与十月份的《作品》杂志上。除此之外，还翻译了布鲁斯托与纪德等作家的作品。这年夏天，与牧野信一私交加深，两人经常在鱼篮坂和大森周边散步畅谈至深夜。

十月，由出自春阳堂的牧野信一为编辑主干的《文科》创刊发表。并在首刊号上发表了连载《竹丛处的房子》。《文科》杂志中的同人中除了牧野信一之外，还有坂口安吾、坪田让治、田畑修一郎、小林秀雄、嘉村义多、井伏鳟二、河上彻太郎、中岛健藏、三好达治、佐藤正彰、中山省三郎等人。另外，翻译作品当中，有巴莱里的《斯蒂芬妮·马拉梅》，谷克多的《埃里克·萨蒂》和随笔《小丑传道者》。

昭和七年（1932年）二十七岁

二月，在《文艺春秋》上发表《蝉》。三月，去了京都。寄宿在大冈升平家里并结识了加藤英伦。与加藤共同居住的这一个半月的日子成为了此后生活的转机。之后不久便前往东京，受加藤的引荐结识了矢田津世子。三月，在《青马》第五号刊上发表了《关于法兰西》一文。七月，将自己的《寄予故土的赞歌》收录进了芝书店发刊行的《小说》的第二辑里面。

八月，在《草地》杂志上发表《群集的人》。九月，在《文学》杂志的第三集上发表《Pierre Philosophate》一文。同月，在青山光二弟弟经营的酒屋与中原中也相识。

昭和八年（1933年）二十八岁

二月，在《文艺春秋》上发表《小房间》，十一月，在《行动》上发表《陀思妥耶夫斯基和巴尔扎克》等文。

四月，在中西书房发行的《樱花》上发表《山脚下》（未完成）。《樱花》杂志的同人当中有井上友一郎、田村泰次郎、菱山修三、河田诚一、北原武夫、大岛敬司、真杉静枝、矢田津世子等人。五月，为纪念《樱花》创刊，在骏河台的文化学院举行了文艺演讲会，坂口安吾也是其中的一个讲师。

昭和九年（1934年）二十九岁

四月，在杂志《鹬》的第一辑上发表散文《文章和其他》。此文艺季刊杂志《鹬》是由檀一雄、古谷纲正、古谷纲武、雪山后之等人编辑发刊，上面刊登着武者小路实笃、佐藤春夫、室生犀星、中原中也、金子光晴、伊藤整、尾崎一雄、木山捷平、谷川彻三、大冈升平、保田与重郎、龟井胜一郎、太宰治、檀一雄、山岸外史、津村信夫、佐藤物之助、北川冬彦、古谷纲正等人的作品。五月，在《行动》上发表《靠近奸淫》；九月，在《新潮》杂志上发表了戏曲《山脚下》。在《纪元》第二号刊上发表了《关于场岛的死》。十二月，在银座的《驰川》经井伏鳟二的介绍，与檀一雄相识。

昭和十年（1935年）三十岁

分别在一月、二月、四月、五月份在杂志《作品》上发表了《闯入淫者山》《关于悲愿》《苍茫梦》和《单恋》与《摆脱沽淡的风格》。因批判《摆脱孤单的风格》这一德田秋声的文学，而与尾崎士郎相识。六月，处女作创作集《黑谷村》由竹村书房发行。七月，在《作品》上发表了《关于与金钱纠结诗的要素的神秘性》《对中岛健藏的提问》；八月，在《文艺春秋》上发表《想逃脱的心》；九月，在《作品》上发表《文章的一种形式》；十二月，在《作品》上发表《大家》。

昭和十一年（1936年）三十一岁

一月，连续在《文学界》的一、二、三月号刊上登载《狼园》。三月二十四日，牧野信一上吊自杀。三月，在《作品》上发表《禅僧》；五月，在《作品》上发表了《雨宫红庵》《参加牧野先生的祭典》《早稻田文学》《牧野先生之死》。七月，由竹村书房发行了普及版本的《黑谷村》。九月，发表《杀害母亲的少年》。一月，写给相识了五年的恋人矢田津世子一封绝交之信。说起与矢田的关系，两人五年间虽为恋人关系，但是在一起的时间总共还不到一年。中间的四年间，坂口与其他的女性在大森堤方町的公寓里同居一起。为了给自己的半生划分不同的阶段，为了向全新的现实出发，从十一月二十八日开始撰写《吹雪物语》。

昭和十二年（1937年）三十二岁

开始受不了东京的生活，孤独之中想埋没后半生，开始为自己建坟墓，并从那里再来生一次。二月，由尾崎士郎等人的送护，在宪兵队高度警备的宇垣内阁倒闭中的最混乱时期，踏上旅途前往隐岐和一所在的京都。五月，已完成了《吹雪物语》的大半部分（次年五月完成）。可此后，每日每夜在伏见稻荷的寄宿处下棋饮酒地过着日子。

昭和十三年（1938年）三十三岁

一月，在《文学界》发表了《在女占卜师的面前》。六月，完成了《吹雪物语》全稿之后，立刻进了京，在本乡菊坂的菊富士宾馆滞留了三四个月。七月，《吹雪物语》由竹村书房刊行。受恩于竹村书房，坂口借用居住在茨城县取手市的取手医院一位药剂师所住房屋的一小间里。十二月，将作品《闲山》发表在了宇野千代发行的三好达治编辑的《文体》第二号刊上。

昭和十四年（1939年）三十四岁

一月，在《文体》第三期上发表了《阳炎议谈》；二月，发表《紫大纳言》在同刊第四号上；三月，在《文艺》上发表《数之精，谷之精》；五月，《文体》七号刊上发表《学习记》；十月，在《嫩草》上发表《醍醐之村》；十一月，在《文学者》上发表了《总理大臣收到的信的故事》。除此之外，还发表了《被盗之信的故事》。对《京都报纸》进行了匿名批判写杂文并投稿。

夏季，在取手市参加了由野上彰、若园清太郎、赖尊清隆、冈田东鱼四人商讨的关于同人杂志《野麦》的创刊。但最终也未出刊。

昭和十五年（1940年）三十五岁

抱怨取手的寒冷，应三好达治的邀请，搬迁居住到了小田原町的早川桥边的龟山别墅。其间阅读了三好先生推荐的切支丹的文献作品，深受其趣味感染。四月，在《嫩草》上发表《细竹背后的面孔》；七月，在《文学界》上发表《赌命》一文。十二月，在《现代文学》上发表《风人录》。《现代文学》同人当中除坂口安吾之外，还有井上友一郎、大井广介、高木卓、南海润、檀一雄、野口富士男、平野谦、宫内寒弥、佐佐木基一、赤木俊（荒正人）、杉山英树等人。

昭和十六年（1941年）三十六岁

一月，从二十日到二十二日在《京都报纸》上发表连载《拉姆奈》。四月二十日，《炉边夜话集》由风格社刊行。五月，发表《死与哼唱》；六月，发表《关于作家论》于《现代文学》之上。夏季，从小田原搬迁到了蒲田的安方町九四号地。八月的《文学的故土》，九月的《波子》，十二月的《新作伊吕波歌留多》均发表在了《现代文学》上。此外，还发表了《孤独闲谈》和《叫大井广介的男人》。

昭和十七年（1942年）三十七岁

一月和二月，又在《现代文学上》发表了《古都》和《免费的文学》。同月，母亲去世。三月，《日本文化己见》；六月，《珍珠》；十一月，《讲述剑术的真谛》等陆续发表。

昭和十八年（1943年）三十八岁

一月和三月，在《现代文学》上分别发表《五月的诗》

和《讲坛先生》。八月，作品《传统的无产者》被日本文学报国会编，八红社杉山书店刊行的《辻小说集》所收录。九月和十月，在《现代文学》上分别发表《二十一》《死心大姐头》。同月，由大观堂刊行了《珍珠》。虽当时深受好评，但因为不合政治时局而被勒令禁止了。十二月，文体社刊行了《日本文化私见》。

昭和十九年（1944年）三十九岁

一月和二月，分别在《现代文学》和《文艺》上发表《黑田如水》与《手枪》。为了逃避征用而成了日本电影公司的委托人，因专注于历史书籍，因此发表的杂志也日趋减少。当时日本电影的伙伴当中还有哲学家久野收。

昭和二十年（1945年）四十岁

执笔了电影《黄河》的脚本工作，可是最后也未上映。执笔《二流人》（《黑田如水》的续稿）。为了编写《岛原之乱》（未完成），特地去了天草和岛原旅行一趟。还未完成便"二战"战败。此外还发表了《来自土的故事》和《咢堂小论》。

昭和二十一年（1946年）四十一岁

一月，在《近代文学》的创刊号上发表了《追逐我的鲜血的人》；三月，在《早稻田文学》上发表《处女作前后的回忆》。四月，在《新潮》上发表了《堕落论》。这在战败后日本混沌的社会中引起了极大的反响。紧接着六月份，在《新潮》上发表《白痴》一文。与太宰治、石川淳、织田作之助等人一起作为新文学的先锋人物受到了广泛关注。七月，在《中央公论》上发表《外套和青空》；九月，《文艺春秋》上发表《女体》；在《人间》上发表《关于欲望》；十月，在《新小说》上发表《何去何从》；《早稻田文学》上发表《无脚无首的男人》；十一月，在《光》上发表《石头的想法》；十二月，在《新生》上发表《战争和一个女人》。此作品内容因为与麦凯瑟司令部有很大关系，因此被删减了近三分之二。同月，在《文学季刊》第二号上发表《续堕落论》；《社会》的创刊号上发表了《我鬼》；十一月二十五日出席了太宰治和织田作之助的改造座谈会。但当时并未刊载在《改造》上面，后来以《未发表的座谈会——欢乐至极哀情多》为题，在昭和三十一年十二月首次公开登载在了《太宰治读本》之上。

昭和二十二年（1947年）四十二岁

这一年，作为流行作家极其活跃。一月，在《新小说》上发表《花田清辉论》；在《新潮》上发表《去恋爱》；在《改造》上发表了《道镜》；在《人间》上发表了《母亲上京》；在《文艺》上发表《风与光与二十岁的我》；在《近代文学》上发表《戏作者文学论》；在《肉体》上发表了

《盛开的樱花林下》。同月，《二流人》由九州书房发行。二月，在《妇人画报》上发表了《我想紧拥大海》；在《新生》上发表《我是谁》；从二月十八日至五月八日，在《东京报纸》上连载了《花妖》；在《新潮》上发表了《二十七岁》。春季，与梶仙治的大女儿三千代结婚。四月，在《妇人公论》上发表了《恋爱论》；在《文学季刊》上发表了太宰治、织田作之助以及平野谦主持的座谈会所编《讲述现代小说》；在《改造》上发表《大阪的反叛》。同月，《想逃脱的心》由银座出版社出版。五月，在《每周日》上发表了《烟火》；在《新大阪晚报》上发表了《我的小说》；同月，两部作品《白痴》《何去何从》分别由中央公论社和真光社发行。六月，在《宝石》上发表《我的侦探小说》；在《潮流》上发表《黑暗的青春》；在《文艺往来》上发表《手掌自传》；在《新潮》上发表《教祖的文学》；在《All读物》上发表《破门》。同月，《堕落论》由银座出版社发行。七月，在《光》上发表《玩具盒子》。同年三月，自己添笔补足的，可称为完整版的《吹雪物语》由新体社发行；春阳堂发行了《赌命》；在《群像》上发表了《分散的日本》；在《文学界》上发表《观念性的其他》；本月，《战争和一个女人续集》被桃蹊书房刊行的《年刊创作集第一辑》收录了进去；九月，所著连载《不连续杀人事件》在《日本小说》上发表。十月，在《世界文学》上发表《没有思想的眼睛》；在《All读物》上发表《邦邦女郎》；同月，

《道镜》由八云书店发行。十一月，在《社会》上发表《决斗》一文；在《讽刺文学》上发表《新假名用法的问题》；同月，《关于欲望》由白桃书房发行。十二月，在《个性》上发表《欺诈的性格》；在《座谈》的创刊号上发表与阿部定的对谈；在《朝日周刊》二十五年周年纪念版上发表了《替青鬼洗兜裆布的女人》。同月，此作品由山根书店发行；《外套与青空》由地平社发行。坂口安吾的选集全九卷从昭和二十二年十二月到二十三年八月由银座出版社发行。最初原本预定发布全十卷，可由于出版社的经营状况不济，到第九卷就结束了。

昭和二十三年（1948年）四十三岁

一月，分别在《新小说》的新春号，《风报》《文艺首都》《罗马风格》《诗学》上发表了《所谓的现代》《献给天皇陛下的话》《给新人》《沦落的青春》《关于第二艺术论》。同月，由山河书院发行了《风博士》。二月，在《女士》上发表了《书桌，被子和女人》；同月，文艺春秋新社发行了《金钱无情》。自三月一日起在《世界日报》每周日版上发表连载《黑暗论语》；同月，分别在《文艺时代》和《中央公论》上发表《我的思想》和《论帝银事件》。四月，分别在《All读物》上发表了《将棋狂》，《文艺春秋》上发表《瞪眼的女人》，《文艺春秋别册》的第六集上发表《五郎三船与真心的手记》。同月，由草野书房发行了《教祖的文学》。五月和六月，分别在《文学界》和《风雪》上发表《三十岁》和《我的葬礼》。六月十五日，听说太宰治失踪，田中英光造访到了热海，伊豆山桃李庄的工作地点。两个人写下了激励太宰治的书信。七月，在《八云》上发表了《鱼女记》；在《新潮》上发表《不良少年和基督教》。八月，在《作品》第一集上，在《All读物》上分别发表了《织田信长》和《太宰治情死考》。九月，在《文学界》上发表了《死和影》。十月，《风与光与二十岁的我》由日本书林刊行。同月，在《文学界》上发表《吴清源论》。十一月，文艺春秋社发行了《竹丛处的家》。同月，《不良少年和基督教》由津人书房刊行，福田恒存编写的《太宰治研究》所收录。十二月，《瞪眼的女人》和《不连续杀人事件》分别由秋天书店和夜晚星社发行。同月，《出家物语》由大元社发行的《现代小说代表选集》所收录。同年，以作品《不连续杀人事件》获得了侦探作家俱乐部奖。

昭和二十四年（1949年）四十四岁

一月，由新潮社发行了《不良少年和基督教》。二月二十三日，因催眠药物中毒，住进东大精神病科医院，四月出院。三月，分别在《文艺春秋》《文学界》《新潮》和《文艺春秋别册》上发表了《知识分子的感伤》《西荻随笔》《日本物语——从寿喜烧开始的一段历史》和《胜负师》。五月，《堕落论》由丹顶书房发行的（日本文艺家协会编）

《文艺评论代表选集》所收录。六月，分别在《文艺春秋》和《文学界》上发表《精神病备忘录》和《精神衰弱的棒球美学论》。同月，由河出书房刊行的（读卖报社文化部编）《文化论笔记》收录了《献给白井明先生的话》与《志贺直哉没有文学方面的问题》两篇。七月，再次出现健康问题，转居到伊东。在将近一个多月的古屋旅馆生活之后，又搬迁到了伊东市冈区广野一的一六〇一号居住地。同月，在《All读物》上发表了《日月》。八月，分别在《文学界》和《座谈》上发表连载《钓鱼师的心境》和《复员人员杀人事件》。十月，又在《群像》与《作品》上分别发表了《我精神的周围》和《小山羊的记录》。十一月，在《文艺春秋》上发表《战后新人论》。八月，《堕落论》又被全国书房刊行的《文艺评论年鉴》所收录。九月，《不连续杀人事件》又作为岩谷选书发行出版。十一月，《群像》上发表《火》（日本物语的续篇）。十二月，《白痴》作为文库本由新潮社出版发行。

昭和二十五年（1950年）四十五岁

一月，在《文学界》上发表《肝脏先生》。《文艺春秋》上发表了连载《安吾巷谈》。同月，《胜负师》由作品社出版发行。三月，分别在《文学界》与《文艺春秋别册》上发表了《由起茂子论》与《水鸟亭由来》。四月，《新潮》上发表《推理小说论》。从五月十九日到十月十八日在

《读卖新闻》上发表连载《街头即故乡》；《新潮》五月号开始到第二年一月，发表连载《我的人生观》。五月，由河出书房出版发行的《现代日本小说大系》里先后收录进了《白痴》《道镜》《黑暗的青春》和《风与光与二十岁的我》。同月，《火》由讲谈社出版发行。八月，《巷谈师》由《文艺春秋别册》第十七集出版。九月，由讲谈社出版了《现代忍术传》。十月，《神传流开祖》由《文艺春秋别册》第十八集出版发行。十月，在《小说新潮》上发表连载《安吾捕物帖》。十二月，文艺春秋社与新潮社分别出版了《安吾巷谈》和《街头即故乡》。同时，以作品《安吾巷谈》获得了文艺春秋社的读者奖。此后还担当了广播小说《天明太郎》的结尾章节的编写，该作品由宝文馆出版发行。

昭和二十六年（1951年）四十六岁

一月，在《文艺春秋别册》第十九集上发表《花天狗流开祖》；二月，在《生活手帐》第十一号刊上发表了《我理想中的老父》。三月至十二月，他站在新的视野和角度在《文艺春秋》上持续发表连载《安吾新日本地理》。这是向过去那种扭曲的日本历史的挑战，这也成为了作为生存工作的安吾历史的序章。为此，他进行了日本各地的旅游。三月，在《文艺春秋别册》的第二十集上发表《九段》；从二月到十二月在《新潮》上连载了自己的评论。四月，在《All读物》上连载了《安吾人生指南》。五月，在《文艺春秋别册》第二十一集上发表《新魔法的使用》；七月，在《文艺春秋别册》第二十二集上发表《跑动的膝盖》；八月，在《文学界》上发表《女忍术的使用》；九月，在《文艺春秋别册》第二十三集上发表《飞弹的面容》。

　　这年，在《中央公论》文艺特辑第八号和《新潮》（十一月）上分别以国税厅和自行车振兴会为创作对象发表了《胜利之前决不能输》和《无以掩盖的光芒——自行车赛作弊案》而受到了社会极大的关注。十二月，由河出书房出版的《现代日本小说大系》第五十四卷上收录了《风博士》与《黑谷村》这两篇文章。

昭和二十七年（1952年）四十七岁

　　从一月到八月，《All读物》上连载了《安吾史谭》。（一月，《天草四郎》；二月，《道钟童子》；三月，《柿本人麻吕》；四月，《直江山城守》；五月，《小西行长》；六月，《胜梦醉》；七月，《源赖朝》；八月，《白井玛丽的世纪决斗》。）在《新潮》上发表连载《安吾品行记》。二月，因自行车比赛事件，又从伊东搬迁转移到了桐生市本町二的二六六号居住地的书上邸。六月，在《新潮》上发表《夜长姬和耳男》；八月，在《文艺春秋别册》第二十九集上发表《幽灵》；在《朝日周刊》阳春号上发表《弃母社会》；九月，在《新潮》上发表戏曲《输血》，且在《All读物》上发表《漂流记——安吾搬迁记》。九月，讲谈社出版的《创作代表选集》第十卷上收录了《夜长姬和耳男》。十月一日,在《新大阪晚报》上发表《信长》。从十月六日至昭和二十八年三月七日又在《新大阪晚报》上连载发表《信长》。十月,在《文学界》上发表了《不要再搞军备了》;十一月,在《新日本文学》上发表了与中野重治的对谈《关于幸福》一文。

昭和二十八年(1953年)四十八岁

一月,《犯人》发表在了《群像》上;三月,在《小说新潮》上发表了《都会中的孤岛》;四月,在《文艺春秋》上发表《牛》;同月,《安吾捕物帖》第一集由日本出版协同发行;五月,《信长》由筑摩书房出版。《新潮》上从四月连续四回连载了《文艺评论》。六月,在《文艺春秋》上发表《枭雄》,在《群像》上发表《中庸》,在《文艺春秋别册》第三十五集上发表《决战川中岛上杉谦信》。同月,由讲谈社出版发行了《夜长姬和耳男》。同时,讲谈社刊行的《创作代表选集》第十二卷收录了《牛》。昭和二十八年八月六日,长子坂口纲雄出生。

昭和二十九年(1954年)四十九岁

二月,在《小说新潮》上发表《不起眼的人》;四月,在同刊别册第十五集上发表《握住的手》。六月,又在《小说新潮》上发表《文化节》;在《群像》临时刊上发表《保久吕天皇》七月，在《小说新潮别册》上发表《奈良》。八月，《在朝日周刊别册》上发表《开花的石头》，以及《文学界上》发表《高尔夫和坏伙伴》。八月，在《知性》上发表连载《真书太阁记》。九月，在《新潮》上发表《背叛》。二月与九月，分别由春阳堂和筑摩书房出版发行了《不连续杀人事件》与现代日本文学全集第二十九卷《石川淳、坂口安吾、太宰治集》。十月，在《新潮》上发表了《与石川淳书简往来》。

昭和三十年（1955年）五十岁

一月，在《中央公论》发表《狂人遗书》。同月又在该公论上发表了《新日本风土记》的初版。二月，为了编写《新日本风土记》而前往告知取材。同月，在《中央公论》上发表了第一回的《新日本风土记》；在《小说新论》上发表《能面的秘密》。二月，角川书店出版发行的《昭和文学全集》第五十三卷上收录了《白痴》。十五日，从高知取材归来。二月十七日早晨六时，在桐生市书上邸的租房里，为煤炉点火之时，突发脑出血而与世长别。作为绝笔之作的《嚼沙》在尾崎士郎编辑的《风报》三月号里得到认同。三月，《狂人遗书》《信长》《保久吕天皇》分别由中央公论社、筑摩书房和讲谈社出版发行。四月，池田书店出版了《明天好天气吧》；五月，东方社出版了《徒手杀人事件》。筑摩书房出版了《我的人生观》。

昭和三十二年（1957年）

六月，在新潟市居滨护国神社社内，尾崎士郎主笔的《故乡无言》的石碑树立了起来，并举行了揭碑仪式。

图书在版编目（CIP）数据

　　白痴/（日）坂口安吾著；吴伟丽译. —长春：
吉林出版集团有限责任公司，2010.11
　　（草月译谭）
　　ISBN 978-7-5463-4009-8

　　Ⅰ. ①白… Ⅱ. ①坂…②吴… Ⅲ. ①短篇小说—作
品集—日本—现代Ⅳ. ① 1313.45

中国版本图书馆 CIP 数据核字（2010）第 210659 号

白痴

作　　者	［日］坂口安吾
译　　者	吴伟丽
出 品 人	周殿富
创　　意	吉林出版集团·北京汉阅传播
策划编辑	渠　诚
责任编辑	聂文聪　曾雪梅
装帧设计	未　氓
开　　本	650mm×950mm　1/16
印　　张	16.5
版　　次	2011 年 1 月第 I 版
印　　次	2017 年 7 月第 2 次印刷

出　　版	吉林出版集团有限责任公司
发　　行	北京吉版图书有限责任公司
地　　址	北京市宣武区椿树园 15-18 号底商 A222
	邮编：100052
电　　话	总编办：010-63103398
	发行部：010-63104979
网　　址	http：//www.jlpg-bj.com/
印　　刷	三河市京兰印务有限公司

ISBN 978-7-5463-4009-8　　　　定价　42.80 元

版权所有　侵权必究